Carola Wimmer

Ostwind

cbj

DIE AUTORIN

Carola Wimmer, 1970 in Berlin geboren, begann ihre Autorinnen-Karriere als Verfasserin von Kinder-Hörspielen für den ORB. Nebenbei schrieb sie Texte und Konzepte für etliche Multimedia-Agenturen und war in der Presse- und Öffentlichkeitsarbeit tätig. Bis zu ihrem Entschluss, sich ganz auf ihre Arbeit als Kinderbuchautorin zu konzentrieren, war sie Redakteurin eines Internetportals für Kinder und Jugendliche. Carola Wimmer lebt und arbeitet heute in Berlin.

Carola Wimmer

Ostwind

Zusammen sind wir frei

Nach dem Drehbuch
von Lea Schmidbauer
und Kristina Magdalena Henn

cbj

cbj Kinder- und Jugendbuchverlag
in der Verlagsgruppe Randome House

MIX
Papier aus verantwortungsvollen Quellen
FSC www.fsc.org
FSC® C014496

Verlagsgruppe Random House FSC® N001967
Das für dieses Buch verwendete FSC®-zertifizierte Papier *Pamo House* liefert Arctic Paper Mochenwangen GmbH.

1. Auflage
Erstmals als cbj Taschenbuch Oktober 2015

Lizenz durch Alias Entertainment GmbH
Fotos (Tom Trambow) & Artwork mit freundlicher Genehmigung der Constantin Film Verleih GmbH/SamFilm/Alias Entertainment
Basierend auf dem Drehbuch von
Lea Schmidbauer und Kristina Magdalena Henn
Umschlaggestaltung: basic-book-design,
Karl Müller-Bussdorf
SaS · Herstellung: ReD
Satz: Uhl + Massopust, Aalen
Druck: GGP Media GmbH, Pößneck
ISBN 978-3-570-22470-0
Printed in Germany

www.ostwind-film.de
www.cbj-verlag.de

CONSTANTIN FILM PRÄSENTIERT EINE SAMFILM PRODUKTION IN CO-PRODUKTION MIT CONSTANTIN FILM PRODUKTION „OSTWIND“ HANNA BINKE MARVIN LINKE CORNELIA FROBOESS TILO PRÜCKNER NINA KRONJÄGER JÜRGEN VOGEL UND DETLEV BUCK
CASTING STEFANY POHLMANN MASKE RENÉ JORDAN HEIDI LAUSER KOSTÜME MIKA BRAUN PRODUKTIONSLEITUNG ELKE SASSERATH LINE PRODUCER KARLHEINZ GANZER ORIGINALTON MICHAEL BUSCH MEDIA, SOUND & PICTURES
MISCHUNG TSCHANGIS CHAHROKH FILMMUSIK ANNETTE FOCKS SCHNITT DIRK GRAU SZENENBILD CAROLA GAUSTER BILDGESTALTUNG TORSTEN BREUER
CO-PRODUZENT MARTIN MOSZKOWICZ DREHBUCH LEA SCHMIDBAUER KRISTINA MAGDALENA HENN PRODUZENTEN EWA KARLSTRÖM ANDREAS ULMKE-SMEATON REGIE KATJA VON GARNIER

FFF Bayern

/OSTWINDFILM OSTWIND-FILM.DE

Prolog

Das Pferd tänzelte unruhig auf der Stelle.

Es wollte sich bewegen. Wollte Sonne und Luft. Doch es war gefangen im staubigen Halbdunkel zwischen den schmalen Wänden einer Box.

Verzweifelt machte es einen schnellen Schritt Richtung Tür.

Da näherten sich Stimmen.

»Und er ist ihr direkter Nachkomme?«, fragte Maria Kaltenbach, als sie den Stall betrat.

»Er ist Hallas Urenkel«, antwortete Herr Fink. »Er hat definitiv ihre Anlagen. Aber ich verkaufe ihn wirklich ungern«, fuhr er fort. »Er ist unberechenbar. Hat uns bisher nur Schwierigkeiten gemacht.«

Maria Kaltenbach schien die Bedenken nicht zu teilen: »Ach, das haben sie über Halla auch gesagt«, erwiderte sie leichthin. »Ich weiß schon, was ich tue.«

»Das hoffe ich. – Ich lasse den Transporter kommen«, sagte Friedrich Fink und verließ den Stall.

Maria Kaltenbach öffnete den Riegel und trat in die

Box. Sie war über sechzig Jahre alt und eine erfahrene Reiterin. In ihrem langen Leben hatte sie schon viele Pferde besessen. Dass der alte Fink Ostwind verkaufen wollte, war ein großes Glück. Nur wenige Pferde hatten ein so talentiertes Springpferd, eine Legende wie Halla im Stammbaum. Sie würde den Hengst schon lehren, ihr zu gehorchen.

Als sie einen Schritt auf das Pferd zu machte, wich es ängstlich zurück und stieß hart gegen die Rückwand.

Maria Kaltenbach ließ sich nicht beirren. »Dann wollen wir mal«, sagte sie.

Doch der Hengst stieg wiehernd auf die Hinterbeine. Dann schlug er seitlich aus. Maria Kaltenbach wurde gegen die Wand der Box geschleudert. Sie schrie vor Schmerz. Die Hufe des Hengstes krachten hart auf den Steinboden.

Maria Kaltenbach klammerte sich an seine Mähne, seinen Hals. Doch Ostwind riss sie einfach mit sich fort. Immer wieder schlug sie hart gegen die Wand, bis sie ohnmächtig zu Boden fiel.

Ostwind war nicht mehr zu halten. Er galoppierte die Stallgasse entlang in Richtung Licht, der Freiheit entgegen.

1. Kapitel

Ohne Halt ging es über eine Sommerwiese Richtung Horizont. Die Landschaft rauschte in atemberaubendem Tempo vorbei. Ein grasendes Reh erschrak, ein Hase sprang fort. Ein Flusslauf kreuzte ihren Weg. Mit einem Satz ging es über ihn hinweg, über ihr nur das grenzenlose Blau des Himmels. Es war ein unbekanntes Gefühl maßlosen Glücks …

… Mika öffnete die Augen. Das Blau war verschwunden. Statt in endlose Weite, blickte sie nur in die müden Gesichter derer, die mit ihr die überfüllte U-Bahn teilten. Eine graue Betonwand ratterte an ihr vorbei. Nichts als öde Realität. Seufzend zog sich Mika ihre Mütze tiefer in die Stirn. Vielleicht konnte sie den schönen Traum noch einmal zurückholen? Schnell schloss sie die Augen.

»Hey! Aufwachen!«, hörte sie da die Stimme ihrer besten Freundin. »Ab morgen kannst du träumen. Dann sind Sommerferien!«

Im nächsten Moment quetschte sich Fanny auch schon neben Mika auf den engen Sitz. Fanny war

Mikas engste Vertraute, liebenswert und immer voller Tatendrang. Ohne sie wäre Mikas Leben wohl ziemlich langweilig. Für die Sommerferien hatten sie eine gemeinsame Reise in ein Feriencamp geplant.

»Genau. Freiheit, wir kommen!«, sagte Mika. Ihre Stimme klang dabei aber alles andere als überzeugt. Denn vor den Sommerferien lag noch die Zeugnisvergabe. Mika gehörte nicht zu den fleißigsten Schülerinnen. Ganz im Gegenteil. Sie war stinkend faul. Ihre Versetzung hing am seidenen Faden.

»Hey, keine Sorge«, sagte Fanny und legte Mika den Arm um die Schulter. Sie wusste, was ihre Freundin dachte. »Du stehst genau auf der Kippe … ich hab's nachgerechnet!«

Mika nickte.

»Und er hat gesagt, dass es gut aussieht«, fügte Fanny hinzu.

Auch Mika hatte die Noten überschlagen. Ja, eigentlich sah es sogar ganz gut aus. Sie lächelte. »Stimmt«, gab sie zu und wischte ihre Sorgen beiseite. Es würde schon alles gut gehen.

In diesem Moment entdeckte Fanny ein paar feuerrote Strähnen, die unter Mikas Mütze hervorlugten. Fanny guckte erschrocken und zog mit einem schnellen Griff ihrer Freundin die Mütze vom Kopf. Mikas ehemals schönes goldblondes Haar leuchtete in einem feurigen Rot! Fanny starrte mit aufgerissenen Augen auf die Haare: »Was ist das denn?!?«

Mika hatte mit einer solchen Reaktion schon gerechnet. Aber es war ihr egal. Ihr gefiel die Farbe. Die U-Bahn hielt und Mika schnappte sich ihre Mütze. »Typveränderung«, sagte sie ohne weiteren Kommentar und sprang aus der U-Bahn.

»Typ Pavianarsch?«, rief Fanny Mika hinterher. Dann schulterte sie kopfschüttelnd ihre Tasche, um Mika zu folgen.

Aber Mika hatte sich bereits durch die Menschenmassen geschlängelt, denn sie hatte es eilig. So schnell wie möglich wollte sie raus aus dem Bahnhof, hinauf an die frische Luft. Endlich wieder unter freiem Himmel! Sie klappte ihr Kickboard aus und rollerte los. Fanny stürzte ihr schwer beladen hinterher.

Mika hatte das Schulgebäude fast erreicht, als plötzlich direkt neben ihr die Bremsen eines Autos quietschten. Mit bleichem Gesicht sah sie sich unvermittelt der Kühlerhaube eines blitzblank geputzten Ford Mustangs gefährlich nahe. Das Cabriolet gehörte Herrn Lessing, ihrem Klassenlehrer, der gerade auf den Lehrerparkplatz hatte einbiegen wollen. Er hatte dafür einige Lehrergehälter hinblättern müssen.

»Mika! Pass doch auf!«, schimpfte er.

Mika kam nun wieder voll zu sich. »Wie bitte?«, platzte es aus ihr heraus. Das konnte doch nicht wahr sein! Sie hätte tot sein können! Und dieser Schnösel machte sich Sorgen um sein dämliches Angeber-Auto? Mika stemmte die Arme in die Hüften und wollte gerade zu einer empörten Rede ansetzen, als Fanny angeschnauft kam. Schützend schob sie sich vor Mika und deutete Herrn Lessing gegenüber eine beschwichtigende Vorfahrtsgeste an. »Bitte nach Ihnen!«

Herr Lessing lächelte knapp und stieg aufs Gas, während Fanny Mika einen strafenden Blick zuwarf. Mika verstand: Jetzt bloß keinen Ärger einhandeln! Und damit hatte Fanny sicherlich recht.

Als Herr Lessing in der letzten Stunde in der Klasse herumging und die Zeugnisse verteilte, zog sich die Zeit für Mika unerträglich in die Länge. Herr Lessing hatte allerdings keine Eile. Er machte bei der Zeugnisvergabe bei jedem Schüler aufmunternde oder kritische Bemerkungen und trat erst ganz zuletzt an Fannys und Mikas Tisch.

»Eine schöne Leistung. Weiter so«, lobte er Fanny und reichte ihr das Zeugnis. Dann wandte er sich Mika zu, die ihn hoffnungsvoll ansah.

Herr Lessing hob die Stimme. »Mika, Mika, Mika. Man sagt zwar, der Apfel fällt nicht weit vom Stamm, aber in deinem Fall ist er wohl auf einem anderen Kontinent gelandet.«

Dann überreichte er Mika mit einem Gesichtsausdruck, der Sorge ausdrücken sollte, ihr Zeugnis.

Mika begriff: Sie war tatsächlich sitzen geblieben. Entgegen aller Rechnerei und Zusagen.

»Aber, aber … Sie haben doch gesagt, es sieht gut aus für mich«, stammelte sie.

Herr Lessing lächelte wie eine Hyäne vor der Fütterung. »Das nennt man Ermessensspielraum«, sagte er mit einer gewissen Genugtuung.

Mika glühte vor Zorn. Was für eine ekelhafte Willkür! Was sollte sie jetzt tun? Auch Fanny fühlte sich hilflos. Sie war in sich zusammengesunken wie ein Schluck Wasser.

In diese stille Verzweiflung hinein läutete die Schulglocke und beendete das Schuljahr. Die Klasse stürzte hinaus, fröhliche und unbeschwerte Sommerferien in Aussicht.

Auch Herr Lessing nahm seine Tasche und verließ mit federndem Schritt den Raum. Mika und Fanny taumelten hinterher. Im Treppenhaus setzten sie sich frustriert auf die Stufen.

Mika fühlte sich wie eine unrettbare Versagerin.

Fanny nahm Mikas Zeugnis und studierte es sorgfältig. »Immerhin! Ne Drei in Religion!«, rief sie schließlich aufmunternd und ließ das Papier sinken.

Mika löste sich aus ihrer Erstarrung. »Wenn ich wenigstens irgendwas könnte«, sagte sie traurig.

»Hey, du kannst doch ganz viel!«, widersprach Fanny tröstend.

Mika horchte auf. »Was denn?« Ihre Stimme klang hoffnungsvoll.

Fanny überlegte. »Also …«

»Ja?«

»Ähhh … ähhh …«, machte Fanny und suchte angestrengt nach einer Antwort.

Mika ließ den Kopf hängen. »Danke. Fühl mich schon viel besser«, sagte sie resigniert.

»Ich bin halt nicht so spontan«, entschuldigte sich Fanny.

Mika seufzte tief. Sie war nun also tatsächlich eine Sitzenbleiberin. So etwas hatte es in ihrer Familie sicherlich noch nie gegeben. Denn ihre Eltern waren leider blitzgescheit. Sie genossen als Professoren der Physik internationales Ansehen und waren auf Fachtagungen und Kongressen begehrte Gastredner. Mikas Sommerferien wollten sie nutzen, um von Kongress zu Kongress zu reisen. Schon seit Wochen war nichts anderes mehr Thema.

Mika warf Fanny einen vorsichtigen Seitenblick zu. »Das Feriencamp kann ich jetzt bestimmt knicken«, sagte sie.

Fanny reagierte entsetzt. »WAS?? Nein!! Das ist gemein! Darauf freuen wir uns seit Monaten!!«

Traurig sah Mika zu Boden. Schlimmer kann es

jetzt eigentlich nicht mehr kommen, dachte sie – als plötzlich ein merkwürdiger Geruch in ihre Nase drang. Sie schnupperte. Was roch denn hier so … nach Feuer?

Entsetzt entdeckte Mika ihr brennendes Zeugnis in Fannys Händen. Ihre Freundin hatte es kurzerhand angezündet!

Fanny verzog keine Miene. »Wie bedauerlich. Es gab einen Brand im Lehrerzimmer, deshalb gibt's die Zeugnisse dieses Jahr erst nach den Ferien«, erklärte sie pragmatisch.

Schnell versuchte Mika nach dem Zeugnis zu greifen. Doch Fanny hatte es bereits aus dem Fenster geworfen. Das brennende Papier schwebte langsam in die Tiefe außerhalb ihrer Sichtweite.

»Spinnst du?«, fuhr Mika ihre Freundin völlig entgeistert an.

Aber nun wurde Fanny sauer. »Was!?«, rief sie. »Ich hab wenigstens Lösungen! Und jetzt geh ich packen – mit dir oder ohne dich!« Wütend zog sie ab. Auch das noch!

»Fanny!«, rief Mika matt. Jetzt fühlte sie sich gänzlich verlassen.

Müde und todunglücklich trottete Mika die Treppe hinab. Doch als sie das Schulgebäude verließ, wurde sie augenblicklich wieder hellwach. Das durfte nicht wahr sein! Mika traute ihren Augen kaum: Denn ihr

Sitzenbleiberzeugnis war nicht einfach schadlos verglüht. Genau genommen war so ziemlich das Gegenteil der Fall: Vom lauen Wind in sanften Abwärtsschrauben getragen, war es ausgerechnet auf der Rückbank eines Mika gut bekannten Oldtimer-Cabriolets gelandet, das auf dem Lehrerparkplatz parkte und hatte den dort liegenden Aktenstapel in Brand gesetzt.

Voller Entsetzen beobachtete Mika, wie Herr Lessing, nach Hilfe rufend, um sein qualmendes Auto sprang.

Mika schloss die Augen – konnte es noch schlimmer kommen?

2. Kapitel

Mit klopfendem Herzen ging Mika nach Hause. Am besten totstellen, die Decke über den Kopf ziehen und einfach nicht da sein!

Doch kaum war sie ungesehen in ihr Zimmer gehuscht, klingelte es auch schon. Mikas Mutter, Elisabeth Schwarz, öffnete lächelnd die Wohnungstür. Davor standen zwei uniformierte Polizeibeamte mit ernsten Mienen. Einer hielt wortlos eine Klarsichttüte hoch, in der ein verkohltes Eckchen Zeugnis zu sehen war. »Mika Schw…«, stand deutlich lesbar auf dem Papierrest. Das Lächeln auf Elisabeths Gesicht versiegte.

Was folgte, war ein langes und ernstes Gespräch hinter der geschlossenen Wohnzimmertür. Als die Polizisten endlich wieder gegangen waren, wurde Mika von ihrer Mutter mit frostigen Worten ins Wohnzimmer zitiert. Mika hatte sich noch nie so allein gelassen gefühlt. Trotzig setzte sie sich aufs Sofa.

»Brandstiftung sei ein ernst zu nehmendes Warnzeichen. Vor allem bei Schulversagern«, wiederholte Mikas Mut-

ter die Worte der Polizisten und rang mit den Händen. »Schulversager! Meine Tochter!«

Mikas Vater, Phillip, versuchte seine Frau zu beruhigen. »Elli, immerhin war dieser Lehrer doch ganz kooperativ. Mika darf die Nachprüfung machen, und wir übernehmen den Schaden ohne ein weiteres Verfahren…«, redete er beschwichtigend auf sie ein.

»Das war echt ein Unfall!«, fuhr Mika auf.

»Setz. Dich. Hin«, erklärte ihre Mutter eisig.

Enttäuscht nahm Mika wieder Platz und senkte den Kopf. Was sollte sie jetzt tun? Auf keinen Fall wollte sie die Schuld auf Fanny schieben. Und auch die beste Ausrede hätte keinen Sinn gehabt, denn ihre Eltern hörten ihr ja nicht einmal zu. Wenn sie doch wenigstens *mit* ihr geredet hätten und nicht nur *über* sie!

»Also, den Kongress können wir unmöglich noch absagen. Du bist die Hauptrednerin, Elisabeth«, sagte Mikas Vater.

Elisabeth lief unruhig durch das Zimmer. »Aber dieses Ferienlager ist wohl kaum der richtige Ort, um in Ruhe und mit Disziplin für die Nachprüfung zu lernen«, überlegte sie laut.

Konnte das denn wahr sein? Jetzt redeten sie schon so, als säße sie nicht im selben Raum, ärgerte sich Mika. »Aber ihr habt mir versprochen, dass ich mit Fanny –«, versuchte sie zu erklären.

»Du hast hier nichts mehr mitzureden!«, erklärte Mikas Mutter bebend vor Wut.

Das war zu viel! Mika sprang auf und rannte aus dem Wohnzimmer. Dabei knallte sie die Tür, dass die Wände wackelten.

Erschöpft sank Elisabeth auf das Sofa. »Was machen wir denn jetzt nur?«, fragte sie. Sie klang ehrlich ratlos.

Mikas Vater hatte eine Idee. Aber er wagte es kaum, sie auszusprechen. »Ich wüsste da jemanden«, sagte er schließlich.

Elisabeth machte ein fragendes Gesicht. Doch dann schien sie zu begreifen. Sofort schüttelte sie trotzig den Kopf. »Nein, auf gar keinen Fall«, sagte sie entschieden.

Im nächsten Moment war aus Mikas Zimmer ein lauter Wutschrei zu hören. Dann das Krachen von Gegenständen auf den Zimmerboden. Zitternd vor Enttäuschung hatte Mika Taucherbrille, Flossen, Beachballschläger – alles was sie bereits für die Reise zusammengelegt hatte – quer durchs Zimmer gefegt.

»Denk doch nur mal kurz darüber nach«, bat Mikas Vater seine Frau im Wohnzimmer.

Wieder schepperte es in Mikas Zimmer.

Elisabeth nahm ihr Rotweinglas vom Tisch und trank es in einem Zug leer. Einen sehr langen Augenblick starrte sie vor sich hin ins Leere. Dann nickte sie.

Phillip stand auf und ging zu Mikas Zimmer. Vorsichtig öffnete er die Tür. Mika saß mit roten Augen auf ihrem Bett, die Arme um die Knie geschlungen. Um sie herum herrschte Chaos.

»Wir haben eine Entscheidung getroffen«, sagte Mikas Vater. »Du verbringst die Ferien bei deiner Großmutter.«

Mika sah auf. »Auf dem Friedhof?«

Mikas Vater lächelte schwach und schüttelte seufzend den Kopf. »Du hast noch eine andere Großmutter«, erklärte er.

Mika sah ihren Vater mit großen Augen an. Denn von dieser anderen Großmutter hatte sie noch nie in ihrem Leben gehört.

3. Kapitel

Gleich am nächsten Tag wurde Mika von ihren Eltern in den Zug gesetzt. Mikas Mutter hatte sie zum Abschied fest umarmt. Unruhe und Zweifel hatten dabei in ihrem Blick gelegen. Dennoch hatte sie ihre Entscheidung nicht zurückgenommen.

Die Verabschiedung von Mikas Vater war herzlicher ausgefallen. Es war ganz offensichtlich, dass er seine Tochter nur ungern fortschickte. Bevor Mika in den Zug stieg, hatte er ihr noch eine Tüte mit Büchern zugesteckt, damit sie sich auf der Fahrt nicht langweilte.

Als Mika einen Platz gefunden hatte, untersuchte sie den Inhalt. Der Titel des ersten Buchs, das ihr in die Hände fiel lautete: *Knobeleien der Quantenmechanik.*

Mika seufzte. Dann lehnte sie sich zurück und dachte nach. Wohin würde ihre Reise gehen? Niemand hatte ihr etwas Genaues sagen wollen. Nach dem Gesichtsausdruck ihrer Mutter zu urteilen, schien ihr Weg aber direkt in ein stacheldrahtumzäuntes Straflager zu führen. Irgendetwas mit Tieren auf jeden Fall. Vielleicht eine Schweinefarm?

Mika sah aus dem Fenster. Der Zug fuhr an endlosen Kieferwäldern vorbei über plattes Land. Nach einigen langweiligen Stunden wurde es hügeliger. Mika musste einmal umsteigen, dann hatte sie ihr Ziel erreicht: Einen Provinzbahnhof in ländlicher Idylle.

Als Mika aus dem Zug kletterte, stand dort aber lediglich eine Kuh, um sie zu begrüßen. Sie machte: »Muuhh.«

»Selber Muh«, sagte Mika und blickte sich um. Weit und breit war niemand zu sehen, nur weite Felder. Mika nahm ihr Handy aus der Tasche und fotografierte das Nichts mit der Kuh, oder vielmehr die Kuh mit dem Nichts, als sich ein Traktor näherte. Obenauf saß ein sympathisch aussehender Junge, nur wenig älter als Mika. »Hallo, ich bin Sam und du die Brandstifterin aus Frankfurt?«, fragte er zur Begrüßung und stoppte den Traktor. Auf seinem Gesicht zeigte sich ein breites Grinsen.

»Kannst auch Mika zu mir sagen«, erwiderte Mika.

Sam musterte Mika neugierig: Mit ihrer Sturmfrisur, den verwaschenen Jeans und den roten Turnschuhen sah sie nicht im Geringsten so aus, wie Sam es von Mädchen auf dem Land gewohnt war. Zumindest nicht von den Mädchen aus seiner näheren Umgebung.

»Frau Kaltenbachs Enkelin«, sagte er schließlich und fügte hinzu: »Dich hab ich mir ganz anders vorgestellt.«

»Ich hab mir meine Ferien auch ganz anders vorgestellt«, seufzte Mika.

Sam sprang vom Traktor und hievte Mikas Rucksack hinauf. Beim Anblick ihres Kickboards sagte er: »Das kannst du hier eher vergessen«, und deutete auf den Schotterweg.

»Abwarten«, erwiderte Mika und versuchte möglichst lässig auf den Traktor zu klettern.

Als Sam ihn wieder anlassen wollte, knallte es laut. Mika zuckte vor Schreck zusammen. Dann ratterte der Motor los. Sam grinste zufrieden.

»Nur die neuste Technik hier bei euch, was?«, bemerkte Mika.

Im nächsten Moment machte der Traktor, wie zum Beweis, einen Satz nach vorn. Mika konnte sich gerade noch festhalten. Dann knatterten sie über eine staubige Straße los.

Mika nahm ihr Handy in die Hand, um Fanny das Foto mit der Kuh zu schicken. »WILLKOMMEN IN DER PAMPA«, tippte sie. Aber dann bekam sie kein Netz. Genervt hielt Mika das Handy in alle Richtungen. Endlich blinkten kurz zwei Netzbalken auf und die Nachricht wurde gesendet.

Als Mika wieder aufblickte, fuhren sie gerade an

einem zur Laube umgebauten, efeubewachsenen Bauwagen vorbei, der auf einer ungemähten Wiese an einer Lichtung stand. Wer wohnt denn in so einer Hütte?, wunderte sich Mika und sah der merkwürdigen Behausung nach. Hoffentlich waren hier nicht alle Unterkünfte so!

Aber da erreichte der Traktor schon eine große Allee, rechts und links lagen Wiesen und Weiden. Sie passierten einen großen Findling. Auf dem Stein stand: Gut Kaltenbach.

Mika schaute sich verwirrt um. Der Traktor fuhr durch ein Tor auf einen weitläufigen Hof, auf dem ein herrschaftliches Gutshaus stand mit Stallungen für Pferde und einem großen Reitplatz.

»Habt ihr hier Pferde?«, fragte Mika irritiert.

»Wie kommst du denn da drauf?«, lachte Sam.

Im selben Moment krachte es laut. Auf dem Reitplatz war ein Barren zu Boden gefallen. Mika drehte sich um und entdeckte ein großes weißes Pferd, das gerade mit fliegender Mähne auf ein Hindernis zu galoppierte.

Mika fühlte sich mit einem Mal, als hätte sie einen Schlag vor den Kopf bekommen. Überdeutlich nahm sie jedes Detail war: Die Hufe, die auf den Sand trommelten, der Dampf, der aus den Nüstern des Pferdes stieg. In seiner Bewegung lagen Kraft und Anmut, beides zur gleichen Zeit. Endlich sprang es ab. Mit größter Eleganz flog es über das Hindernis. Doch die Latte wackelte – und fiel erneut.

Mika stand der Mund offen. Bis eine energische Stimme sie zusammenfahren ließ.

»Nein, nein, nein! Der macht mit dir, was er will. Schenkel zusammen, Hände runter, wir sind hier doch nicht beim Fliegenfischen«, schallte es über den Platz.

Die Reiterin, ein Mädchen, das nur wenig älter als Mika war, ritt im weiten Bogen aus. Das Pferd glänzte nass und schnaubte laut bei jedem Galoppsprung.

In der Mitte der Reitbahn stand Maria Kaltenbach, Mikas Großmutter. Gebieterisch drehte sie sich mit Pferd und Reiterin wie eine Zirkusdirektorin.

Am Gatter entdeckte Mika eine Traube kleinerer Mädchen, die das Training mit glänzenden Augen beobachteten. Es war offensichtlich: Alle wollten so sein wie das Mädchen auf dem weißen Pferd.

Mika sah wieder auf die Reiterin. Der Ehrgeiz quoll förmlich aus ihr heraus. »Ich versuch's gleich noch mal!«, rief sie verbissen. »Er nimmt einfach die Beine nicht …«

Aber Maria Kaltenbach unterbrach sie sofort kopfschüttelnd: »Nicht er! Du!«

In diesem Moment hupte Sam und brachte den Traktor zum Stehen. Alle Köpfe drehten sich abrupt zu ihnen herum. Mika war die plötzliche Aufmerksamkeit sehr unangenehm. Schnell sprang sie vom Traktor herunter. Auch Mikas Großmutter verließ ihren Posten. Mika sah, dass sie sich beim Gehen auf einen Stock stützte und schwer hinkte. Hinter dem Gatter, mit einiger Distanz, blieb sie stehen. Eine herzliche Umarmung war offensichtlich nicht geplant.

»Du bist also Mika«, sagte Mikas Großmutter und musterte Mika von oben bis unten. »Ein ziemlicher Satansbraten… was man so hört«, sagte sie. »Und groß bist du geworden.«

»Kleiner wär auch komisch«, entfuhr es Mika.

Mikas Großmutter zog eine Augenbraue hoch. Die Pferdemädchen hielten den Atem an. Es war offensichtlich, dass man so nicht mit Frau Kaltenbach sprach!

Doch nach einer langen Sekunde lächelte Mikas Großmutter. Mikas Antwort hatte sie offenbar amüsiert. »Stimmt«, sagte sie.

In diesem Moment erschien die junge Reiterin vom Reitplatz auf ihrem Wallach neben ihnen. »Soll ich dann noch mal den Oxer probieren?«, fragte sie ungeduldig.

»Nein, Michelle, wir lassen es für heute«, entschied Mikas Großmutter. Dann bat sie Sam, Mika ihr Zimmer zu zeigen.

»Wir sehen uns gleich beim Abendessen«, sagte

sie zu Mika gewandt. »Versuch solange nichts anzuzünden.«

Mika grinste schuldbewusst.

»Und vielleicht möchtest du dich zum Abendessen noch umziehen«, fügte Mikas Großmutter mit kritischem Blick auf Mikas Klamotten hinzu, bevor sie Richtung Stall davonging.

Mika schaute ratlos an sich hinab. »Wieso umziehen?«, fragte sie.

Als sie wieder aufblickte, stand völlig unerwartet der hübsche weiße Wallach direkt vor ihr und sah sie durch lange Pferdewimpern neugierig an. Oben auf saß Michelle, umringt von den kleinen Pferdemädchen.

Michelle taxierte Mika. »*Du* bist Frau Kaltenbachs Enkelin?«, fragte sie schließlich.

»Ja, äh und du?«, fragte Mika. Vorsichtig streichelte sie die Pferdenase. Wie weich das war!

»Hallo, Pferd!«, sagte Mika. Der Wallach schnaubte.

Michelle ignorierte Mikas Gegenfrage. »Und? Welche Klasse?«, wollte sie wissen.

Mika biss die Zähne zusammen. Es war ihr unangenehm hier vor all den Mädchen Rede und Antwort zu stehen. Vor allem wenn es um ihre schulischen Leistungen ging.

»8te … äh … 7te. Ehrenrunde«, gestand sie schließlich.

Michelle lachte auf. Auch die anderen Mädchen lachten. Mika war verwirrt.

Ein etwa achtjähriges Mädchen namens Tinka kam Mika zu Hilfe. »Sie meint, welche Leistungsklasse«, flüsterte sie und deutete auf den Reitplatz.

Mika holte erleichtert Luft. »Ach so. Dann KNR!«

Die Pferdemädchen schauten sich ratlos an.

»KNR?«, wiederholte Michelle.

»Kann Nicht Reiten«, erklärte Mika fröhlich.

Nun starrten die Pferdemädchen Mika ungläubig an. Eine Außerirdische! Dass es so etwas gab! Michelle verlor unter diesen KNR-Umständen augenblicklich das Interesse an Mika.

»Na dann noch viel Spaß auf Kaltenbach«, sagte sie kühl und wandte sich zu den Pferdemädchen. »Wer …«, fragte sie. Doch weiter kam sie nicht. Das Mädchen, das Mika eben so freundlich beigesprungen war, hatte bereits den Arm hochgerissen. »Kann ich absatteln?«, rief sie atemlos.

Michelle ignorierte Tinkas Meldung und vollendete in aller Ruhe ihren Satz, »… will Weingraf absatteln?«

Nun rissen alle die Arme hoch und drängten sich um Michelle. »Ich! Ich! Ich!«, erscholl es von allen Seiten.

Michelle schwang sich vom Pferd, drückte Tinka die Zügel in die Hand und ging davon. Rund um

Tinka zeigten sich enttäuschte Gesichter. Tinka hingegen sah aus, als sei sie gerade mit einem Ehrenpreis ausgezeichnet worden.

Sam wurde ungeduldig. »Kommst du? Ich hab nicht den ganzen Tag Zeit«, sagte er. Mika strich Weingraf noch einmal liebevoll über das Fell, dann schnappte sie sich ihren Rucksack und folgte Sam.

Kaum hatte sie das Haus betreten, hielt sie überrascht inne. Alles war hier so anders! Gut Kaltenbach war ganz klar kein Straflager. Und wenn doch, dann ein stinkvornehmes. Staunend schaute sich Mika um. Im großen Flur standen schwere, dunkle Möbel, die Wände des Treppenhauses waren mit gerahmten Fotografien behängt. Mika sah sich alle genau an. Das letzte Bild zeigte ein Mädchen, das ein Pony am Zügel hielt und Mika wie aus dem Gesicht geschnitten schien. Dann fiel Mikas Blick auf eine Vitrine, die neben dem Bild stand. Ein Paar edle braune Reitstiefel standen hier neben einer Goldmedaille mit den olympischen Ringen. Ein vergilbtes Foto zeigte eine lächelnde junge Maria Kaltenbach mit der Medaille um den Hals auf der Treppe des Gutshauses.

»Das war nach ihrem Olympiasieg. Den Rekord hält sie bis heute«, erklärte Sam, der auf dem oberen Treppenabsatz auf Mika wartete.

»Meine Großmutter?«, fragte Mika ungläubig.

»Frau Kaltenbach ist …«, begann Sam. Doch dann korrigierte er sich, »… war eine der besten Springreiterinnen der Welt. Und die Stiefel da kriegt irgendwann ihre Nachfolgerin.«

»Ist ja wie bei Aschenputtel«, bemerkte Mika ironisch.

Sam wurde ungeduldig. »Jetzt komm! Frau Kaltenbach wartet nicht gern«, rief er. Mika folgte ihm zu ihrem Zimmer. Es hatte blaue Wände und war mit alten Möbeln und einem riesigen, unmodernen Bett ausgestattet.

Als sich Mika vorsichtig daraufsetzte, knarzte es vernehmlich. Sie verdrehte die Augen. »Gemütlich«, sagte sie.

Als Mika zum Essen im Erdgeschoss erschien, wartete ihre Großmutter bereits an der gedeckten Tafel. Doch als die beiden einander gegenübersaßen, wussten weder Mika noch ihre Großmutter, was sie reden sollten. Einen sehr langen Moment herrschte eine peinliche Stille, in der die Wanduhr ohrenbetäubend tickte. Maria Kaltenbach suchte krampfhaft nach einem Gesprächsthema.

»Wie war die Reise?«, fragte sie schließlich.

»Gut«, sagte Mika.

Maria Kaltenbach nickte. »Schön.«

Es war ganz offensichtlich, dass sie kein Talent für

Smalltalk hatte. Nach einer zähen Schweigesekunde fragte sie: »Musstest du oft umsteigen?«

»Einmal«, sagte Mika.

»Schön«, sagte Maria Kaltenbach erneut.

Aber auch Mika fühlte sich gehemmt. Schließlich war diese Frau für sie ein wildfremder Mensch. Worüber sollte sie mit ihr sprechen?

Endlich ging die Tür auf, und eine gemütlich wirkende Haushälterin erlöste Mika und ihre Großmutter, indem sie dampfende Teller servierte.

Maria Kallenbach nahm ihr Besteck. »Dann mal guten Appetit. Du hast sicher Hunger!«, sagte sie sichtlich erleichtert.

Auch Mika atmete auf. »Und wie!«, wollte sie gerade sagen, doch da fiel ihr Blick auf ihren Teller, in dem eine hautlose bleiche Wurstmasse in graugrünem Kohl schwamm.

Mikas Augen weiteten sich entsetzt. Wollwürste! Deftige, fleischige Hausmannskost, dabei war sie schon seit Jahren Vegetarierin. Wie sollte das bloß weitergehen?

4. Kapitel

In der Nacht wälzte sich Mika schlaflos in ihrem knarzenden Bett. Alles war still, nur ein trauriges Wiehern war aus der Ferne zu hören. Mika fühlte sich einsam. Vielleicht vermisste sie ihre Familie, auf jeden Fall aber Fanny. Ihre Großmutter erschien ihr nicht unbedingt besonders herzlich, aber sie war gewiss kein Monster. Aushalten ließ es sich mit ihr bestimmt.

Nur warum hatte ihre Mutter ihr ihre Großmutter nur so lange verschwiegen? Mika konnte sich nicht daran erinnern, dass ihre Mutter sie jemals erwähnt hatte. Irgendetwas musste in der Vergangenheit zwischen den beiden gründlich schiefgelaufen sein.

Mika tastete nach ihrem Handy. Dann erhellte das fahle Licht des Displays ihr Gesicht. 02:30 Uhr. Noch immer kein Netz!

Verärgert warf Mika das Handy zurück in die Nachttischschublade und kniff die Augen zu. Jetzt wird geschlafen! Da erklang wieder dieses verzweifelte Wiehern. Und obendrein knurrte auch noch ihr Magen. Mika machte die Augen wieder auf.

Seufzend kletterte sie aus dem Bett und tappte hinunter in die Küche, wo sie sich die Taschen ihres Pyjamas voller Äpfel stopfte.

Aber gerade als sie genüsslich in einen Apfel beißen wollte, hörte sie wieder das Wiehern. Nur klang es hier unten in der Küche näher und noch verzweifelter.

Auf einmal krachten Hufe gegen Holz. Mika spähte aus dem Fenster. Draußen war es stockfinster. Für einen Moment herrschte eine gespenstische Stille, dann hörte sie erneut das Pferd. Mika konnte nicht anders. Neugierig verließ sie das Gutshaus und suchte sich den Weg hinüber zum Stall. Sie öffnete leise die Tür und schlich hinein.

Die Stallgasse war aufgeräumt und leer, alles stand akkurat an seinem Platz. Mika lugte in die einzelnen Boxen, doch die Pferde schliefen allesamt. Nur aus der hintersten Box drangen Geräusche. Nervöses Hufgeklapper, schließlich wieder das Wiehern.

Langsam wanderte Mika die Stallgasse entlang zur letzten Box. Sie war mit eng stehenden Gitterstäben versehen.

Mit zusammengekniffenen Augen spähte sie in die Dunkelheit. Da tauchte ein funkelndes Augenpaar nur wenige Zentimeter direkt vor ihrem Gesicht auf. Sie gehörten einem Pferd mit einem weißen Fleck auf der Stirn. Einen langen Augenblick wurde Mika von ihm genau gemustert. Auch Mika betrachtete das Pferd aufmerksam.

»Na? Kannst du auch nicht schlafen?«, fragte Mika schließlich.

Das Pferd antwortete mit einem leisen Schnauben. Mika wollte ihm ihren angebissenen Apfel geben. Doch er passte nicht durch das enge Gitter. Mika schob kurzerhand die Tür ein Stück auf und schlüpfte in die Box. Obwohl das Pferd deutlich größer und kräftiger war als sie selbst, verspürte Mika keine Angst. Im Gegenteil. Es war der dunkle Hengst, der ein paar Schritte zurückwich. Er sah Mika fragend an. Mika setzte sich auf einen der Strohballen, die seitlich an der Box gestapelt standen. Mit ausgestreckter Hand hielt sie dem Pferd den Apfel entgegen. Das Pferd schien Vertrauen zu fassen. Vorsichtig schnupperte es in die Luft, dann machte es einen Schritt vorwärts, dann noch einen. Schließlich nahm es den Apfel mit dem Maul behutsam aus Mikas Hand und kaute geräuschvoll.

»Auch Pech mit dem Essen gehabt?«, fragte Mika amüsiert.

Wie als Antwort knuffte sie der Hengst mit seiner weichen Pferdenase.

Plötzlich merkte Mika, wie müde sie war. Der lange Tag in der Bahn, all die neuen Eindrücke sorgten nun endlich für eine schlagartige Schläfrigkeit. Mika gähnte und streckte sich auf dem Strohballen aus.

Das gibt Ärger! Die Polizei hält Mikas Mutter (Nina Kronjäger) die Reste eines verbrannten Zeugnisses unter die Nase.

Tierarzt Dr. Anders (Detlev Buck) und Herr Kaan (Tilo Prückner) überlegen was mit dem wilden Hengst Ostwind geschehen soll.

Reitschülerin Tinka (Henriette Morawe, ganz links) und die übrigen Mädchen dürfen das Geschehen auf dem Reiterhof nur aus der Ferne beobachten.

Mika (Hanna Binke) erkundet den Pferdehof.

Vorsichtig kommt Mika dem scheuen Ostwind in seiner Box näher.

Mika besucht Herrn Kaan in seinem umgebauten Bauwagen.

Vertrauenssache – Mika und Ostwind

Ostwind frisst Mika schon aus der Hand.

Sam (Marvin Linke) und Mika sitzen im Baum und beobachten Ostwind.

Mika und Ostwind werden ein Team.

Springreiterin Michelle (Marla Menn) fragt sich, was Mika und Tinka im Schilde führen.

Heimlich schleicht sich Mika zu den Reitstunden bei Herrn Kaan.

Das Einmaleins des Reitens: Herr Kaan erklärt Mika die wichtigsten Tricks und Kniffe.

Herr Kaan und Mika trainieren mit Ostwind.

Mika und Ostwind üben bei jedem Wetter.

Noch ahnt Mikas Großmutter (Cornelia Froboess) nichts von dem Talent ihrer Enkeltochter.

Dann war sie auch schon eingeschlafen. Dass sie von dem großen Pferd neugierig beschnuppert wurde, bekam sie schon nicht mehr mit. Die ganze Nacht blieb das Pferd neben ihr, als wollte es ihren Schlaf bewachen.

Ein schräger Streifen Sonnenlicht fiel in die Box, Mika lag noch immer tief schlafend auf dem Heuballen. Da zerriss ein scharfes Pfeifen die Luft. Das Pferd neben ihr stöhnte auf. Mika kam langsam zu sich. Sie öffnete die Augen, gerade als dem Hengst die Vorderbeine einknickten und er schwer zu Boden sackte.

»Volltreffer«, sagte eine Stimme.

Mika fuhr herum. Hinter den Gitterstäben stand ein Mann, der ein Gewehr sinken ließ. Sofort war Mika hellwach.

»Hey! Was soll das?«, rief sie panisch. Rasch rollte sie sich von ihrem Lager und sank zu dem Pferd auf die Knie. »Was haben sie mit ihm gemacht!?«, rief sie aufgebracht.

»Keine Sorge, ist nur eine Betäubung«, sagte der Mann. »Ich bin Dr. Anders, der Tierarzt.«

Mika beugte sich über den schwarzen Hengst, um ihm den Betäubungspfeil aus dem Fleisch zu ziehen. Doch da packten sie zwei starke Arme und hoben sie einfach hoch. Als sie wieder abgestellt wurde, sah sie sich dem angstverzerrten Gesicht ihrer Großmutter gegenüber.

»Herr Anders, ist sie verletzt?«, fragte Maria Kaltenbach.

»Alles dran, wie es aussieht«, sagte der Tierarzt. »Hat nur geschlafen.«

Erst als Herr Anders zurück in die Box ging, um Ostwind abzuhorchen, bemerkte Mika, dass ihre Großmutter in höchstem Maße aufgebracht war.

»Du hättest tot sein können!«, schimpfte sie.

Mika wusste nicht, was sie sagen sollte. Eigentlich wusste sie nicht einmal, was sie falsch gemacht hatte. Verzweifelt suchte sie nach Worten.

In diesem Moment bog Sam mit einer Schubkarre um die Ecke. »Was ist denn hier los?«, fragte er verwundert, als er seine Chefin mit Mika sah.

Maria Kaltenbach fuhr wutentbrannt zu ihm herum. Sie ließ ihren Zorn nun an Sam aus. »*Das* würde ich auch gerne wissen! Es liegt ja wohl in deiner Verantwortung, dass diese Box immer verschlossen ist!«, rief sie.

Eingeschüchtert wich Sam zurück. Er sah von Mika zu dem schwarzen Hengst und wieder zu Mika. »Sie war da drin?«, fragte er verständnislos.

»Ich bin nur eingeschlafen!«, mischte sich Mika ein.

Sam verstand jetzt erst recht nichts mehr. Er schaute fragend zu Mika. »Du bist was?«

»Eingeschlafen«, wiederholte Mika. »Warum ist das denn so schlimm?«

Maria Kaltenbach seufzte hörbar und stützte sich auf ihren Stock. Sie sah plötzlich sehr müde aus. »Dieses Pferd ist gefährlich. Du hast einfach nur großes Glück gehabt. Mehr als Verstand«, erklärte sie. Dann wandte sie sich an Sam: »Tu mir den Gefallen, lass meine Enkelin nicht mehr aus den Augen. Ich muss das Turnier vorbereiten, das ist wichtig für uns alle.«

Dr. Anders kam aus der Box. »Die Atmung ist gut. In einer Stunde ist er wieder wach«, sagte er.

Mika wollte an ihm vorbei zu dem Pferd, das betäubt am Boden lag.

Doch ihre Großmutter hielt sie eisern fest. »Du gehst jetzt auf dein Zimmer, steckst deine Nase in ein Buch und gehst nicht mehr aus der Tür, bis Sam dich holen kommt, verstanden?«, erklärte sie scharf.

Mika warf einen letzten Blick in Richtung Box. Dann drehte sie sich um und trottete davon. Sie hatte noch immer nicht die geringste Ahnung, warum sich alle so aufregten. Aber es erklärte ihr ja auch niemand! Sie hatte die Nacht bei einem einsamen Pferd verbracht – nicht bei einem gefährlichen! Warum regten sich nur alle so auf?

In ihrem Zimmer angekommen, nahm Mika eines der Mathematikbücher in die Hand. Sie wollte ihre Großmutter – wegen was auch immer – nicht noch weiter verärgern. Aber schon beim Anblick der Formeln fühlte sie sich müde, sodass sie es rasch wieder weglegte. Einen Augenblick saß sie ruhig da, dann ertappte sie sich dabei, wie sie zum Fenster ging und Richtung Stall spähte.

Draußen schien die Sonne und der Himmel leuchtete lichthell und weit. Plötzlich bekam Mika große Sehnsucht nach Fanny. Wenn es einen Menschen auf dieser Erde gab, der sie verstand, dann sie.

Mika holte ihr Handy und hielt es hoch in die Luft. Aber immer noch leuchtete »Kein Netz« auf dem Display. Sie blickte in die grüne Ferne, während sich ein Lächeln auf ihrem Gesicht ausbreitete. »Sie hat nur gesagt, ich soll nicht aus der Tür gehen«, sagte sie leise zu sich selbst. Dann schnappte sie sich ihr Kickboard und kletterte mit ihm aus dem Fenster auf das Vordach.

Im Fernsehen sah eine Flucht aus dem Fenster allerdings immer viel leichter aus. Das Dach erwies sich als ziemlich steil. Mika fand schwer beladen kaum Halt und kam sofort ins Rutschen. Schließlich schlitterte sie hilflos über das schmale Dach. Erst im letzten Moment konnte sie sich an der Dachrinne festhalten. Gerade als sie sich hoch strampeln wollte, hörte sie unten Stimmen. Maria Kaltenbach hinkte um die Ecke. Neben ihr ging Dr. Anders. Sofort erstarrte Mika in ihrer Verrenkung.

»Du kannst Ostwind nicht ewig wegsperren«, hörte sie Dr. Anders sagen. »Es ist ein Tier. Das muss ich dir nicht erklären. Es war nur eine Frage der Zeit, bis so was passiert.«

»Ich weiß, ich weiß«, sagte Maria Kaltenbach. »Ich verstehe mich ja selbst nicht. Dieses Pferd hat mich alles gekostet. Und trotzdem …«

Dr. Anders blieb stehen und legte Maria Kaltenbach eine Hand auf den Arm. »Du musst eine Entscheidung treffen«, sagte er.

Frau Kaltenbach seufzte. »Ich rufe den Ungarn.«

Dr. Anders' Miene verfinsterte sich. »Der Ungar? Muss das sein?«

Maria nickte entschlossen. »In vier Wochen ist das Turnier, da wird er hier sein.«

Nach einer kurzen Pause fuhr sie fort: »Er zahlt gut. Und du weißt, wir brauchen jeden Cent.«

Der Tierarzt blickte unglücklich. »Ja. Aber der Ungar … das ist schlimmer als meine Spritze«, gab er zu bedenken.

Mika biss die Zähne zusammen. Mit letzter Kraft krallte sie sich ans Vordach, doch sie rutschte langsam aber sicher ab. Mit einem unterdrückten Schrei landete sie unsanft in den Büschen.

Maria Kaltenbach und Dr. Anders glaubten, etwas gehört zu haben. Doch gerade als sie sich suchend umdrehen wollten, kam Tinka angerannt.

»Papa, Papa, Archibald hat einen ganzen Eimer Rüben gefressen! Schnell, du musst kommen!«, rief sie atemlos.

»Das macht doch nichts, das verträgt er schon mal«, beruhigte Dr. Anders seine Tochter.

Tinka hob fragend die Hände. »Mit dem Eimer?«

»Ja, das ist etwas anderes.« Dr. Anders seufzte hörbar auf. »Dieses Pony bringt mich noch um den Verstand«, sagte er entschuldigend und folgte rasch seiner Tochter zu Archibald.

Auch Maria Kaltenbach ging zurück ins Haus. Nicht ohne sich vorher noch einmal aufmerksam umzublicken. Doch außer einem blühenden Rosenbusch, der sanft im Wind zitterte, war nichts zu sehen.

5. Kapitel

Langsam rappelte sich Mika aus dem Busch und zog mit schmerzverzerrtem Gesicht eine Dornenranke von ihrem Hosenbein. Dann zerrte sie ihr Kickboard hervor. Das Metall war völlig verbogen, das Brett gesplittert.

Worüber hatte ihre Großmutter mit dem Tierarzt eben gesprochen? Ostwind – das musste der dunkle Hengst sein, das war klar. Aber wer oder was war der Ungar?

Mika hatte keine Ahnung von einem Pferdebetrieb. Aber in ihrem Innersten ahnte sie, dass dieses Gespräch nichts Gutes für das Pferd bedeuten konnte. Umso dringender wollte Mika jetzt mit Fanny sprechen und so machte sie sich auf die Suche nach einem Plätzchen mit Netzempfang. Sie musste reichlich weit laufen. Als sie sich schließlich inmitten einer hohen Wiese auf einen verwitterten Weidezaun setzte und ihr Handy in die Luft hielt, hatte sie Erfolg: ein Netzbalken! Sofort wählte sie die vertraute Nummer. Fanny nahm prompt ab. Auf dem Display zeigte sie ein schnippisches Gesicht. Mika war sofort klar, dass Fanny noch immer enttäuscht war, dass sie nicht mit an die See gefahren war.

»Fanny? Hey! Endlich!«, rief Mika ins Telefon.

»Und, wie ist der Bauernhof von deiner Oma so? Spaß beim Schweinefüttern?«, fragte Fanny.

»Geht so. Ist eigentlich weder ein Bauernhof noch 'ne Oma«, sagte Mika.

»Aha. Aber das da hinter dir, das ist schon dein Opa?«, fragte Fanny.

»Mein was? Wo?« Mika drehte sich verwirrt um. Dabei stieß sie beinahe an die Nasenspitze eines alten Mannes, der sie mit schmalen Augen ansah. Vor Schreck kippte Mika zur Seite. Ihr Handy flog ihr in hohem Bogen aus der Hand.

Bei dem Mann handelte es sich um Herrn Kaan, den Bewohner der Holzlaube. Er war klein, hatte sonnengegerbte Haut und trug einen gebatikten Schal um den Hals.

»Das hier ist keine Telefonzelle – das ist mein Vorgarten«, erklärte er tadelnd.

Mika suchte auf dem Boden nach ihrem Handy.

»Schon gut. Sehen Sie, schon aufgelegt«, sagte sie.

Die Augen des Mannes wurden noch schmaler. Er musterte Mika eindringlich. »Ich kenne dich«, sagte er schließlich.

»Das glaub ich kaum. Und jetzt muss ich dann

auch. War mir ein Fest«, erklärte Mika ausweichend. Sie drehte sich um und wollte nur noch eins: nichts wie weg.

Doch der Mann ließ nicht locker. »Hast du nicht was vergessen?«, fragte er und hielt Mikas verbogenes Board hoch.

»Das ist eh nur noch Schrott«, sagte Mika und wollte nach ihrem Kickboard greifen. Doch der Mann zog es wieder zurück.

»Nichts ist so kaputt, dass man es nicht reparieren könnte«, erklärte er.

Mika schaute den schrägen Kauz verwundert an. Lieber nicht diskutieren, beschloss sie. »Okay. Ich muss los«, verabschiedete sie sich rasch. Dann rannte sie Richtung Gutshof. Ihr Kickboard ließ sie zurück. Da Fanny eh schlechter Laune war, würde sie einen neuen Platz mit Netzempfang später suchen.

Am Gutshof angekommen, verlangsamte Mika ihren Schritt und spähte vorsichtig um die Ecke. So ein Glück: Die Luft war rein. Doch da pikte sie etwas in den Hintern. Erschrocken machte Mika einen Satz nach vorne. »Aua!!«

Hinter ihr stand Sam. Er hatte eine Mistgabel in der Hand und sah ziemlich sauer aus. »Mann, wo warst du denn?!«

»Och… frische Luft schnappen, Füße vertreten, Landschaft bewundern…«, erwiderte Mika.

»Sei froh, dass ich dich nicht verpfiffen hab! Wenn ich wegen dir Ärger bekomme, dann …«, schimpfte Sam. Mika hätte am liebsten aufgelacht. Einfach lächerlich, so ein Spielverderber! Warum waren hier nur alle so spießig? Als Mika aber sah, dass Sam wirklich wütend war, lenkte sie ein. »Schon gut. Kommt nicht mehr vor. Ehrlich.«

An Sams Blick erkannte sie, dass er ihr nicht recht glaubte. Deshalb wechselte sie schnell das Thema. »Und, was macht man hier immer so?«, fragte sie und schaute sich auf dem Hof um.

Sam sah Mika spöttisch an: »Naja, erst vielleicht ein bisschen Wellness, dann ein paar Runden auf der Indoor-Kartbahn …«

»Echt? Eine Indoor-Kartbahn?«, freute sich Mika.

Sam verdrehte die Augen und drückte ihr die Mistgabel in die Hand. Sollte dieses Mädchen doch mal sehen, was man »hier so machte«!

Und so sah sich Mika im Rahmen von Sams Beschäftigungsprogramm keine zwei Minuten später stinkende Pferdeäpfel auf eine Schubkarre schippen. Eine anstrengende Arbeit. Schon nach kurzer Zeit tat ihr der Rücken weh. Ein Katzenklo war definitiv leichter zu reinigen.

Ein paar Schritte weiter waren gleich mehrere Pferdemädchen mit sehr viel angenehmerer Arbeit beschäftigt: der Pflege von Weingraf. Ein Mädchen trenste, das andere bürstete. Das dritte Mädchen, Tinka, hob den Huf des Pferdes und kratzte ihn aus. Allerdings schwankte sie bedrohlich unter Weingrafs beträchtlichem Gewicht.

Endlich erschien auch Michelle in voller Reitmontur. »Wenn ich nur wüsste, was er hat. So lahmarschig wie der momentan ist. Bis zu den Classics muss ich ihm das austreiben«, sagte sie zu den Mädchen, gerade als Mika die volle Schubkarre vorbeischob. Sie hielt inne und beobachtete interessiert die Szene.

»Vielleicht hat er ja eine degenerative Suspensory Ligament Desmitis? Oder eine Myositis?«, schlug Tinka vor. Doch sie erntete nur genervte Blicke von Michelle und den anderen Pferdemädchen.

Mit der freien Hand griff Tinka in ihren riesigen Putzkasten und zog eine rote Tube heraus, die sie Michelle reichte. »Hier. Das ist eine australische Wärmesalbe. Hat Papa mir für Archibald gegeben. Davon machst du ihm jeden Abend ein bisschen auf die Fesseln«, erklärte Tinka eifrig. »Nur nicht zu viel, sonst brennt's. Bei Archi...«

Michelle warf die rote Tube zurück in Tinkas Putzkasten. »Quatsch. Der ist einfach nur bockig«, unterbrach sie Tinka unwirsch.

»Oder er hat einfach nur Angst vor dir«, sagte Mika ruhig.

Mika war von den Mädchen bisher nicht bemerkt worden. Jetzt starrten sie alle ungläubig an.

»Und wer hat dich gefragt?«, fauchte Michelle von oben herab.

Mika schaute Weingraf an, der ihren Blick ruhig erwiderte. »Niemand. Ist nur so ein Gefühl«, sagte sie nachdenklich. Dann packte sie die Schubkarre mit den Pferdeäpfeln und ging weiter.

»Kümmer dich einfach um deinen Mist, okay?«, rief Michelle ihr hinterher. Die Pferdemädchen kicherten. Nur Tinka kicherte nicht. Vielleicht hatte diese Mika ja recht?

Mika hätte Michelle gerne näher erklärt, was sie über Weingraf dachte. Aber als sie mit der leeren Schubkarre zurückkam, war niemand mehr da. Die Mädchen waren bereits auf dem Reitplatz. Sofort ließ sie die Schubkarre stehen und lief zu Ostwinds Box. Doch sie konnte sie nicht öffnen. Die Box war jetzt mit einer schweren Eisenkette gesichert. Vorsichtig spähte Mika hinein. Ihr Blick traf auf Ostwinds dunkle Augen. Der Hengst stand weit hinten an die Wand gepresst.

»Was hast du nur angestellt?«, fragte Mika.

Vorsichtig zwängte sie ihre Hand durch die engen Gitterstäbe. Doch Ostwind warf den Kopf hoch und wieherte bedrohlich. Mika erschrak. Aber sie ließ ihre Hand, wo sie war. Zögernd kam das Pferd näher, Schritt für Schritt, bis seine Stirn ihre Hand berührte. Als Ostwind ins helle Licht trat, wurde deutlich, wie verwahrlost er aussah. Es gab Mika einen tiefen Stich ins Herz. Sein Fell war stumpf und verdreckt, eine verkrustete Wunde zog sich über seinen Hals, und der Boden der Box war voller Mist. Ein jämmerlicher Anblick.

Mika streichelte Ostwind. »Wie siehst du denn aus?«, flüsterte sie voller Mitleid.

»Mika?«, hörte sie plötzlich eine Stimme rufen. Es war Sam.

Erschrocken wich Ostwind zurück und auch Mika zog schnell ihre Hand zurück. Rasch lief sie aus dem Stall. Zum Glück hatte Sam sie nicht bei Ostwind gesehen!

Draußen drückte Sam Mika einen Gartenschlauch in die Hand, damit sie einen großen Bottich mit Wasser füllte. Aber Mika war nicht recht bei der Sache. Auf dem Reitplatz entdeckte sie Michelle auf Weingraf. Was für ein freundliches und gutes Tier, dachte Mika. Warum konnte Michelle ihn nicht mit mehr Respekt behandeln? Sah sie denn nicht, wie sehr er sich bemühte?

Mikas Blick folgte Weingraf, der schnaufend über den Platz galoppierte. Gerade setzte er zum Sprung an. Ob auch sie einmal auf einem Pferd …

»Okay, genug«, gab Sam Anweisung. Doch Mika reagierte nicht. Ihre Aufmerksamkeit galt immer noch Weingraf und dem Geschehen auf dem Platz. Alles andere um sich herum schien sie vergessen zu haben.

»Mika? Mika?!!«, rief Sam.

»Was?« Mika drehte sich zu Sam. Den Schlauch in ihrer Hand hatte sie logischerweise ebenfalls vergessen. Sam bekam einen Strahl eiskaltes Wasser ab. Er guckte genervt. Jetzt war dieses Stadtmädchen also auch noch zu dumm, einen Bottich mit Wasser zu füllen, ärgerte er sich. Konnte diese Mika überhaupt irgendetwas? Mit zunehmend schlechter Laune dirigierte er Mika wieder zurück in den Stall, damit sie ihm half, die Futtereimer zu verteilen.

Bereitwillig nahm Mika einen der Eimer und ging wie selbstverständlich direkt zu Ostwinds Box. Doch Sam hielt sie auf. »Wo willst du hin?«

Mika deutete in Ostwinds Richtung. »Na, zu ihm.«

Sam schüttelte den Kopf und nahm ihr den Eimer ab. »Das mache ich«, sagte er.

»Warum denn?«, wollte Mika wissen.

Sam antwortete nicht. Er ging auf die Box zu. Mika bemerkte, wie Ostwind immer nervöser wurde. Je näher Sam der Box kam, desto unruhiger wurde der Hengst. Er begann zu wiehern, drehte sich im Kreis. Als Sam unmittelbar vor der Box stand, rastete Ostwind völlig aus: er stieg auf die Hinterbeine, wieherte verzweifelt, und immer wieder schlugen seine Hufe gegen die Bretterwand.

Ungläubig beobachtete Mika, wie Sam den Futtereimer an eine flaschenzugartige Vorrichtung hängte und ihn langsam zu dem tobenden Pferd hinabließ. Als der Eimer über dem Gitter schwebte, zog er an einem Seil. Der Inhalt des Eimers ergoss sich pladdernd in den Trog. Die Hälfte schwappte als sämige Pfütze auf dem Boden.

Sam kam zurück zu Mika. »Verstehst du jetzt?«, fragte er grimmig.

Mika hatte verstanden. – Allerdings etwas völlig anderes als Sam. »Ja!! Er will da nicht eingesperrt sein!«, erklärte sie entschieden und wollte an Sam vorbei.

Aber der versperrte ihr den Weg. Er blieb vollkommen ernst. »Hey. Du hast keine Ahnung von Pferden. Also halt dich da raus.«

Mika funkelte Sam böse an. Doch der hielt ihrem Blick stand. Mika gab auf und senkte den Kopf. Wie sollte sie Sam nur klarmachen, dass er sich irrte?

Sam wandte sich wieder der Arbeit zu. »Eigentlich ist es ja Futterverschwendung, aber anscheinend will jemand die Bestie kaufen«, sagte er.

»Ja, der Ungar«, entfuhr es Mika.

Sam drehte sich zu Mika. In seinem Blick lag Entsetzen. »Der Ungar? Wirklich? Woher weißt du das?«, fragte er.

»Wieso, wer ist das denn?«, fragte Mika zurück.

Sams Miene verfinsterte sich. Er packte die Schubkarre und ging an Mika vorbei. »Das willst du gar nicht wissen«, sagte er.

Mika schaute noch einmal zu Ostwind. Warum nur betrachteten ihn alle als wildes und gefährliches Tier? Warum konnten sie ihn nicht sehen, wie er wirklich war?

Ihre Blicke trafen sich. Es war, als würden sie eine stille Übereinkunft treffen.

»Ich komm wieder«, flüsterte Mika.

6. Kapitel

Nachdenklich ging Sam ins Gutshaus und holte einen Teller mit Essen, den ihm die Haushälterin bereitgestellt hatte. Er packte ihn in einen Korb und ging hinaus, fort vom Gut, die Schotterstraße entlang. An dem efeubewachsenen Bauwagen machte er Halt und klopfte.

Als Sam die Laube betrat, saß sein Großvater mit dem Rücken zur Tür in einem Sessel und spielte auf einer Maultrommel.

»Abendessen«, sagte Sam.

Aber Herr Kaan drehte sich nicht um. Er setzte die Maultrommel ab und sagte in einem sehr bestimmten Tonfall nur ein Wort: »Schuhe.«

Sam verdrehte die Augen, strampelte seine Schuhe ab, trat näher und stellte den Teller auf einen niedrigen Schemel.

»Danke. Willst du mir nicht Gesellschaft leisten?«, fragte nun Herr Kaan, immer noch abgewandt.

Aber Sam wollte lieber schnell wieder gehen. »Hab noch zu tun«, antwortete er ausweichend. Doch gerade als er sich zum Gehen wandte, fiel sein Blick auf eine Schnitzerei. Sie zeigte zwei Figuren: ein schlafendes Pferd, daneben einen schlafenden Menschen.

Sam musste unwillkürlich an Ostwind und Mika denken. »Lustig. Genau das hatten wir heute Nacht im Stall. Frau Kaltenbachs Enkelin ist da herumgewandert und eingeschlafen …«

Erst jetzt drehte sich Sams Großvater zu ihm um. »Wo hat sie geschlafen?«, fragte er hellhörig geworden.

»Bei Ostwind. Direkt neben ihm«, erklärte Sam.

Herr Kaan deutete auf die Schnitzerei. »Weißt du, was das ist?«

Sam verstand nicht. Er dachte, der Alte spräche noch immer über Mika. »Das Glück der Doofen?«, riet er.

Der alte Mann ignorierte Sams Antwort. »Nojrsodsch. Der Schläfer. So nannten die Mongolen Menschen, die mit der Gabe geboren wurden, die Sprache der Pferde zu verstehen«, erklärte er. Mit einem Mal erschien er hellwach. »Es hieß, einer in tausend mal tausend hat …«

Sam unterbrach ihn. »Opa. Kannst du nicht einmal aufhören mit diesen Märchen.«

Der Alte sah seinen Enkel ruhig an.

Aber Sam hatte keine Lust mehr auf diese Unterhaltung. »Wie auch immer. Gute Nacht«, sagte er und schloss die Tür eine Spur zu heftig.

Er fluchte. Was für ein Tag! Und um ihn herum nur Verrückte!

Auf Mika würde er auf jeden Fall ein Auge behalten müssen. Wenn nötig von morgens bis abends! Wenn sie wieder irgendeinen Unfug treiben wollte, würde er dies zu verhindern wissen! Frau Kaltenbach konnte sich da ganz auf ihn verlassen!

Endlich war es dunkle Nacht. Mika schlich auf nackten Sohlen aus ihrem Zimmer, die Treppe hinab aus dem Haus. Sie trug nichts weiter als ihren Schlafanzug. Im Mondlicht huschte sie hinüber zum Stall. Forschend tastete sie zwischen dem Zaumzeug umher. Endlich fand sie oben auf der Mauer, was sie gesucht hatte. Sie zog einen Schlüssel hervor und lächelte zufrieden.

Dann füllte sie eine Schubkarre mit allem Putz- und Striegelzeug, das sie finden konnte, und ging zu Ostwinds Box. Leise öffnete sie das schwere Eisenschloss. Ostwind wieherte.

»Shht! Nicht so laut, sonst hören die uns doch«, flüsterte Mika verschwörerisch. Dann trat sie in die Box und machte sich an die Arbeit.

Als Erstes füllte Mika Ostwinds Futtertrog. Offensichtlich war der Hengst wieder extrem ausgehungert. Sofort machte er sich schmatzend über das Futter her. Während Ostwind fraß, mistete Mika die Box aus. Was für eine Schweinerei! So wollte doch niemand wohnen! Endlich fertig, gab Mika vorsichtig neue Streu in die Box. Dann striegelte sie Ostwinds Fell. Zwar wusste Mika noch nicht genau, wie sie es am besten machen sollte, aber nach und nach ging es immer besser. Mit einem Schwamm rubbelte sie die Dreckverkrustungen ab. Schließlich kämmte sie noch sorgfältig Ostwinds Mähne.

Mika hatte länger gebraucht, als sie gedacht hatte. Aber es hatte sich gelohnt: Im Morgenlicht stand ein ganz neues Pferd vor ihr.

Völlig zerzaust und verdreckt lehnte sich Mika gegen die Tür und betrachtete zufrieden ihr Werk. »Gar nicht übel«, lobte sie sich und Ostwind.

Ostwind schnaubte. Er senkte seinen Kopf zu Mika, die ihm zärtlich die Nase rubbelte.

Plötzlich wurde Mika das Herz unsagbar schwer. Sie spürte, dass Ostwind ihr etwas sagen wollte. »Du willst raus, hm?«, fragte sie.

Der Hengst wieherte leise. Zwar hatte Mika für einen Augenblick das Gefühl, dass sie im Begriff war, etwas Falsches zu tun, doch sie konnte nicht anders. Sie öffnete die Boxtür.

»Okay, aber nur kurz ... auf einen Spaziergang«, sagte sie.

Neugierig streckte Ostwind seinen Kopf in die ungewohnte Freiheit. Wie lange war er gefangen gewesen! Als könne er seine Befreiung selbst kaum glauben, verließ er nur vorsichtig die Box.

Mika spürte seine Nervosität und folgte ihm in die Stallgasse. Beide lauschten.

Von draußen drang morgenfrisches Vogelgezwitscher zu ihnen, kurz war auch das helle Lachen der ersten Pferdemädchen zu hören, die auf dem Hof ihre Fahrräder abschlossen. Ein Hahn krähte. Mit der aufgehenden Sonne war auch das Leben auf dem Hof erwacht. Vor dem Gutshaus humpelte Maria Kaltenbach aus der Tür, sie hatte einen dampfenden Becher Tee in der Hand. Auch Sam war schon auf den Beinen. Er kletterte verschlafen auf seinen Traktor und steckte den Schlüssel ins Schloss.

Ostwind machte einen vorsichtigen Schritt nach dem anderen die Stallgasse entlang, die Ohren gespitzt. Doch mit einem Mal gab es einen ohrenbetäubenden Knall, der krachend über den Hof hallte – PENG! Der Traktor hatte eine Fehlzündung.

Ostwind zuckte panisch zusammen. Dann rannte er wie ein Teufel los. Mika konnte ihn nicht aufhalten. In einem verzweifelten Galopp fegte er aus dem Stall über den Hof und aus dem Tor. Entgeistert starrten alle Leute auf dem Gut dem fliehenden Hengst hinterher.

Mika war Ostwind sofort nachgestürmt. Doch als sie atemlos aus dem Stall stürzte, war er längst auf und davon. Dafür richteten sich nun alle Blicke auf sie.

Mit einem Mal wurde sich Mika ihres dreckigen Schlafanzugs und ihrer Haare voller Stroh unangenehm bewusst. »Guten Morgen«, krächzte sie.

Entgeistert stellte Maria Kaltenbach ihren Teebecher ins Nichts. Mit einem lauten Krachen fiel er zu Boden.

7. Kapitel

Mit einem Mathematikbuch zur Tarnung lungerte Mika auf der Vortreppe des Gutshauses herum und kaute nervös an ihren Fingernägeln. Alles was Beine hatte, war auf der Suche nach Ostwind. Nur Mika durfte nicht mitsuchen. Das hatte ihr ihre Großmutter unmissverständlich klargemacht. Zur Tatenlosigkeit verdammt, hoffte sie nun inständig auf gute Nachrichten.

Als Sam mit einem Korb aus der Küche kam, sprang Mika ihm vom Treppenabsatz in den Weg. »Und? Haben sie ihn gefunden?«, fragte sie.

Sam war sauer. Er hatte überhaupt keine Lust, mit Mika zu sprechen. »Nein«, murmelte er deshalb nur knapp.

Mika ließ den Kopf hängen. Jetzt war sie nicht mehr das leicht flapsige Stadtmädchen. Jetzt war sie eine ganz normale 13-Jährige, die Mist gebaut hatte und ehrlich bereute.

»Das ist alles meine Schuld«, sagte Mika todunglücklich.

»Ja«, bestätigte Sam erbarmungslos.

»Wenn ich wenigstens mitsuchen dürfte …« Mika sah Sam flehend an.

»Super Idee.« Sam verdrehte die Augen. »Erst freilassen und dann suchen.«

»Wir wollten doch nur spazieren gehen«, erklärte Mika kleinlaut.

Sam sah Mika böse an. Aber dann hatte er eine Idee. »Also … wenn du unbedingt ›spazieren‹ gehen willst«, erklärte er schroff, »dann kannst du auch meinem Großvater das Mittagessen vorbeibringen.«

Durch Ostwinds Flucht war sein ganzer Arbeitstag durcheinandergeraten. Wenn er nicht auch noch zu seinem Großvater musste, war ihm das nur recht.

Er drückte Mika den Korb in die Hand und erklärte ihr rasch den Weg zur Laube. Aber den kannte Mika schon.

Normalerweise wäre Mika nur ungern zu dem alten Kauz gegangen, denn er war ihr ein bisschen unheimlich. Aber das war jetzt egal. Der Weg war das Ziel. Denn natürlich hoffte Mika, irgendwo da draußen Ostwind zu finden.

Als sie den Gutshof verließ, pochte ihr vor Aufregung das Herz bis zum Hals. Rasch eilte sie den Schotterweg entlang. Mit der Hand über den Augen suchte sie die umliegenden Wiesen und Felder ab. Doch von Ostwind keine Spur. Dafür entdeckte Mika Tinka, die in einiger Entfernung auf ihrem gescheckten Pony vorbeiritt. Auch Tinka war auf der Suche nach Ostwind. Mika konnte erkennen, dass sie sich ein Fernglas vor die Augen hielt.

Doch plötzlich blieb Archibald abrupt stehen. Tinka fiel beinahe vornüber. Als sie sich wieder aufgerappelt hatte, schimpfte sie wie ein Rohrspatz. »Mann, Archibald, was soll das denn?«

Das Pony stand da wie angewurzelt. Tinka folgte seinem Blick. Auf der anderen Seite des Zauns stand eine Kuh, gefleckt wie Archibald. Es war offensichtlich: Diese Kuh war die Liebe seines Lebens.

Mika musste unwillkürlich über das absurde Bild grinsen, aber dann lief sie schnell weiter.

Als sie den umgebauten Bauwagen erreichte, blieb sie unsicher stehen und sah sich um. »Hallo? Hallo?«, rief sie und näherte sich dann langsam der merkwürdigen Behausung.

Eine kleine Holztreppe führte auf eine Art Terrasse. Dort stand eine grobe Holzbank. Mika entdeckte auch eine Feuerstelle und ein selbst gezimmertes Regal auf dem allerhand Krempel und unzählige geschnitzte Holzpferdchen standen. Dann fiel ihr Blick auf einen bekannten Gegenstand: Ihr Kickboard. Sie kniete nieder und untersuchte ihr Gefährt. Es war wieder ganz.

Plötzlich hörte Mika ein Wiehern. Sofort folgte sie den vertrauten Lauten. Hinter der Laube entdeckte sie eine von Bäumen umsäumte Koppel. Mika sah Sams Großvater – und wenige Meter von ihm entfernt: Ostwind! Doch das Pferd bäumte sich bedrohlich auf.

»Ho!!«, machte Herr Kaan. Doch Ostwind ließ sich nicht beruhigen. Die Hufe des Hengstes krachten gefährlich zu Boden. Mit einem beherzten Sprung auf die Seite konnte sich der alte Mann gerade noch retten. Schnaubend trabte Ostwind zum anderen Ende der Wiese, ein bunter Strick baumelte um seinen Hals.

»Ich habe den ganzen Morgen gebraucht, um ihn hier reinzutreiben«, rief Sams Großvater, ohne sich umzudrehen. »Und jetzt lässt er mich nicht näher als drei Meter an sich ran.«

Mika trat näher ans Gatter. Erschrocken bemerkte sie einen Blutfleck an Herrn Kaans Ärmel. »Woher wussten Sie, dass ich hier bin?«, fragte Mika.

Herr Kaan nickte hinüber zu Ostwind, der mit gespitzten Ohren am anderen Ende der Koppel stand.

»Ich nicht. Er!«, sagte er. Dann drehte er sich zu Mika: »Warst du das?«, fragte er mit aufmerksamem Blick.

Mika nickte verlegen. »Ich wollte ihn nur kurz rauslassen«, erklärte sie.

»Er trägt seinen Namen nicht umsonst. Der Ostwind ist unberechenbar. Die Bauern fürchten ihn.

Mal bringt er Sonne, lässt alles blühen, dann wieder bringt er Kälte und Sturm, der die Felder verwüstet«, belehrte sie Herr Kaan.

»Ist doch nur ein Name«, sagte Mika stirnrunzelnd. Jetzt fing der Kauz also auch noch mit Belehrungen an! Aber irgendetwas musste er ja mit seinem Enkel gemeinsam haben.

Entschlossen kletterte sie über das Gatter.

»Halt! Du bleibst hier! Du sollst da nicht rein …«, rief Herr Kaan erschrocken und versuchte Mika aufzuhalten. Doch Mika ließ sich nicht beirren und lief auf die Koppel.

Unsicher, was er davon halten sollte, beobachtete Herr Kaan vom Gatter aus die Szene. Aber gerade als er doch noch energisch eingreifen wollte, sah er, wie ruhig der Hengst geworden war. Mit gespitzten Ohren schaute Ostwind Mika unverwandt an.

»Komm her«, rief Mika leise und streckte dem Pferd ihre geöffnete Hand entgegen. Dabei drehte sie ihren Körper seitlich ein. »Komm!«, rief sie wieder.

Dann machte sie einen Schritt auf Ostwind zu. Und plötzlich wurde Ostwind zu Mikas Spiegel: Auch er machte einen Schritt. Langsam, Schritt für Schritt kamen sie einander näher, bis sie direkt voreinander standen. Sanft stupste Ostwinds Nase an Mikas Hand. Ein Lächeln breitete sich auf Mikas Gesicht aus. Sie streichelte Ostwinds kräftigen Hals.

»Du kannst doch nicht einfach so abhauen«, flüsterte sie.

Herr Kaan hatte den beiden sprachlos zugesehen.

Doch das harmonische Bild endete jäh. In der Ferne war ein Dieselmotor zu hören, der über die Schotterstrasse heranrumpelte. Mika drehte sich um. Ostwind trabte erschrocken davon.

»Sie sind da«, sagte Herr Kaan. Dann drehte er sich um und ging.

Doch Mika lief ihm nach. »Nein!!«, rief sie überraschend heftig.

Herr Kaan blieb verwundert stehen.

»Bitte nicht. Die sperren ihn ein, das hält er nicht aus … und dann bringen sie ihn zu dem Ungarn«, erklärte Mika.

Als Mika den Ungarn erwähnte, legte sich ein Schatten auf Herrn Kaans Gesicht. Mika schöpfte Hoffnung. Doch Herr Kaan ging langsam weiter. Mika folgte ihm. Vor dem Wohnwagen warteten bereits Sam und Dr. Anders. Mika versteckte sich schnell.

»Danke, dass du angerufen hast«, sagte Herr Anders.

Herr Kaan nickte kurz.

»Wir haben alles abgegrast, aber dass sich das Vieh ausgerechnet bei dir versteckt …«, sagte Sam.

»Ein Pferd ist kein Stück Vieh«, korrigierte ihn sein Großvater.

Dr. Anders nahm das Betäubungsgewehr aus dem Wagen und wollte an Herrn Kaan vorbei. Doch der stellte sich ihm unerwartet in den Weg.

»Nicht so«, erklärte er und deutete auf das Gewehr.

»Anders kriegen wir ihn aber nicht«, sagte Dr. Anders mit Blick auf Herrn Kaans blutigen Ärmel. »Die Erfahrung hast du wohl auch schon gemacht.«

Sams Großvater drückte den Gewehrlauf zur Seite. Er ließ seinen Enkel dabei nicht aus den Augen. »Ich sagte: nicht so.«

»Jetzt sei halt nicht so stur! Was ist, wenn er dich beim nächsten Mal nicht nur am Arm erwischt!?«, rief Sam ärgerlich.

Doch Herrn Kaans ruhige Entschlossenheit war nicht zu brechen.

Schließlich zuckte Dr. Anders mit den Schultern und ließ das Gewehr sinken. »Von mir aus. Dann behalt ihn halt hier, bis er abgeholt wird. Frau Kaltenbach ist das sicher mehr als recht. Bringt eh nur Unfrieden in den Stall. Ich frage mich nur, ob du weißt, was du da tust.«

Die Seelenruhe in Herrn Kaans Blick ließ Dr. Anders verständnislos den Kopf schütteln. Er drehte sich um und ging zum Wagen.

Sam schaute seinen Großvater böse an. »Kein Wunder, dass Frau Kaltenbach dich gefeuert hat«, sagte er. Seine Stimme klang bitter. Dann ließ auch er seinen Großvater stehen und stieg zu Dr. Anders in den Wagen.

Herr Kaan schaute den beiden nach, bis sie hinter den Tannen verschwunden waren. Erst jetzt tauchte Mika wieder hinter der Laube auf. »Danke!«, flüsterte sie und zu ihrer beider Überraschung umarmte Mika Herrn Kaan ebenso innig wie unbeholfen. Dann rannte sie davon.

Herr Kaan blickte ihr nachdenklich hinterher.

8. Kapitel

Mika rannte zurück zum Gutshof. Sie fühlte sich unendlich erleichtert. Ostwind war wieder da! Und es ging ihm besser als zuvor, denn er war nicht mehr eingesperrt und in guten Händen. Für den Moment zumindest …

Mika legte einen Zahn zu, denn sie wollte so schnell wie möglich zurück in ihrem Zimmer sein, damit es für heute weiter keinen Ärger gab. Doch gerade als sie am Gutshaus ankam, sah sie, wie ihre Großmutter das Haus betrat. Mika spähte ihr vorsichtig hinterher und sah, wie sie mit ihrem Stock langsam die Treppe hinaufstieg. Mika blieb also nur das Vordach unter ihrem Fenster als Weg. Die Dachrinne bog sich gefährlich unter ihrem Klimmzug und der Weg über die moosigen Dachziegel hinauf war noch deutlich anstrengender als hinunter. Erschöpft ließ sich Mika durch das Fenster in ihr Zimmer plumpsen. Im nächsten Moment klopfte es auch schon an ihrer Tür.

Mika huschte zum Schreibtisch und griff sich die *Knobeleien der Quantenmechanik,* ohne zu bemerken, dass sie sich das Buch falsch herum vor die Nase hielt.

»Ja?«, rief Mika, noch immer außer Atem.

Ihre Großmutter betrat das Zimmer. Sie warf einen kurzen Blick auf das Buch.

»Ich würde gerne mit dir reden«, sagte sie ruhig.

Mika legte artig das Buch auf den Schreibtisch. Zu ihrem Schrecken sah sie nun die schmutzigen Handabdrücke, die sie auf den weißen Umschlag gepatscht hatte. Auch ihre Großmutter sah sie. Aber sie lächelte milde.

»Ich hätte die Tür nicht offen lassen dürfen. Er ist einfach nur erschrocken!«, rief Mika schnell.

Maria setzte sich neben Mika. »Darum geht es gar nicht. Du bist hier, weil deine Mutter mich um etwas gebeten hat.« Sie machte eine Handbewegung in Richtung des Bücherstapels. »Etwas, das ihr aus unerfindlichen Gründen wichtig ist.«

Mika schaute die Bücher trotzig an. »Genau. Ihr ist das wichtig. Mir aber nicht!«

Mikas Großmutter lächelte nachsichtig. In schweigender Übereinkunft saßen sie für einen Moment nebeneinander.

»Tut mir leid, dass Ostwind abgehauen ist«, sagte Mika schließlich.

Die Miene ihrer Großmutter verhärtete sich merklich. Ihr Blick wanderte aus dem Fenster. »Ostwind.

Meine große Hoffnung. Halla war seine Urgroßmutter, weißt du?«, erklärte sie traurig.

»Halla?«, fragte Mika.

»Halla ist eine echte Legende. Sie hat ihren Reiter damals zum Olympiasieg getragen, obwohl er halb bewusstlos war. Ein einzigartiges Pferd. Mit großartigen Anlagen. Nur leider hat Ostwind nichts davon«, erklärte Mikas Großmutter und fügte bitter hinzu: »Er ist völlig unbrauchbar.«

Mika fühlte plötzlich einen tiefen Stich in ihrem Herzen. Wütend sprang sie auf. Tränen der Wut brannten in ihren Augen. Maria Kaltenbach erschrak.

»Ist er nicht!«, rief Mika. »Er ist doch nicht unbrauchbar, nur weil er vielleicht nicht so toll ist wie seine Eltern!« Sie funkelte ihre Großmutter böse an. »Und du hast ihn einfach eingesperrt! Kein Wunder, dass er nicht macht, was du willst!«

Maria Kaltenbach starrte ihre Enkelin mit strengem Blick an. Mika war zu weit gegangen.

»Deine Mutter hatte recht. Du musst noch viel lernen. Über Pferde weißt du nichts«, sagte sie schließlich mit eisiger Ruhe. Dann stand sie auf und drehte das Buch richtig herum. »Vielleicht hast du mit Quantenmechanik ja mehr Glück.«

Mika begehrte noch einmal auf: »Aber Ostwind …«

»Ich will diesen Namen nicht mehr von dir hören!«, erklärte Maria Kaltenbach überraschend laut.

Mika erschrak. Auch ihre Großmutter schien erschüttert über ihren Ausbruch. Schnell wandte sie sich ab.

»Was hat er dir bloß getan?«, fragte Mika leise.

Maria Kaltenbach hielt inne. Als sie sich umdrehte, traf Mika ein Blick, der ihr Gänsehaut machte.

Aber Maria Kaltenbach schwieg. Sie konnte das Offensichtliche nicht aussprechen. Und für ihre innersten Gefühle hatte Mikas Großmutter keine Worte.

In der Nacht fand Maria Kaltenbach keinen Schlaf. Zu viele Gedanken gingen ihr durch den Kopf. Der Gutshof warf schon lange nicht mehr genug Geld ab. Die Classics standen an. Sie mussten ein Erfolg werden, sonst sah die Zukunft düster aus. Sie würde wohl einige der Pferde verkaufen müssen.

Maria Kaltenbach seufzte still. Doch niemals hätte sie sich laut beklagt. Denn auf Gut Kaltenbach jammerte man nicht. So war es zur Zeit ihrer Eltern, zur Zeit ihrer Großeltern, einfach schon immer gewesen. Der Pferdesport verlangte Härte. Aber die Führung des Hofes lag ihr nicht.

Dabei hatte sie doch immer nur eines gewollt: Reiten! Nie hatte sie eine Geschäftsfrau werden wollen! Aber früher war das nicht so schlimm. Früher hatte sie ihre Sorgen einfach vergessen können. Wenn sie auf ihrem Pferd am frühen Morgen durch die Felder ritt. Oder auf dem Reitplatz beim Absolvieren des Parcours.

Das ging nun allerdings nicht mehr. Und daran war allein Ostwind schuld. Sie musste ihre Enkelin ein für alle Mal von diesem Pferd fernhalten. Er war ihr Unglück. Gleich morgen früh würde sie sich mit aller Konsequenz darum kümmern!

9. Kapitel

Hinter dem Gestüt ging die Sonne auf. Ein Hahn krähte.

Sam bandagierte im Stall gerade einem Pferd die Fesseln, als Maria Kaltenbach im Türrahmen hinter ihm auftauchte. »Samuel?«, fragte sie.

Sam drehte sich um. »Frau Kaltenbach?«

»Ich hatte dich doch ausdrücklich gebeten, ein Auge auf meine Enkelin zu haben«, erklärte Maria Kaltenbach streng. »Ich will nicht, dass sie noch einmal unbeaufsichtigt hier herumwandert.«

In diesem Moment sah Sam Mika, die hinter Frau Kaltenbachs Rücken mit einem Rucksack über den Hof in Richtung Tor schlich. Sollte er sie verraten? Vermutlich ja. Aber er schwieg.

»Kann ich mich auf dich verlassen?«, fragte Frau Kaltenbach.

»Äh … ja … natürlich, Frau Kaltenbach. Absolut«, versicherte ihr Sam.

Mikas Großmutter lächelte und ging davon.

Als Sam Mika hinterherstürzte, war sie schon

verschwunden. Er wurde wütend auf sich selbst. Schließlich ging es um seinen Job! Wie konnte Mika ihn nur in eine so dumme Lage bringen! Jetzt war Schluss, ein für alle Mal.

An Sam, der durch ihr Verhalten Schwierigkeiten bekommen könnte, hatte Mika tatsächlich nicht gedacht. Sie war voller Sehnsucht und so schnell sie konnte zu Herrn Kaans Koppel gelaufen. Jetzt lag sie im hohen Gras und schaute in den strahlend blauen Sommerhimmel. Ostwind stand neben ihr und hatte seinen Kopf schmatzend in den mit Futter gefüllten Rucksack getaucht. Als er seinen Kopf heben wollte, blieb der Rucksack an ihm hängen.

Mika konnte sich ein Lachen nicht verkneifen. »Das hast du davon!« Liebevoll zog sie ihm den Rucksack vom Kopf. Ostwind wieherte freudig. Er wollte spielen!

Lachend lief Mika los. Ostwind folgte ihr auf dem Fuße. Sie rannte einen großen Bogen über die Koppel, der Hengst blieb ihr immer auf den Fersen. Auch als Mika sich drehte und Haken schlug, ließ er sich nicht austricksen. Ostwind folgte jeder ihrer Bewegungen. Wild tobten die beiden über die Wiese. Es war ein ausgelassener Tanz. Schließlich hielt Mika völlig außer Atem an. Ostwind kam zu ihr.

»Ist aber auch unfair, vier Beine gegen zwei«,

rief Mika schnaufend und strich Ostwind über die Mähne.

Für einen Moment standen sie eng beieinander, Stirn an Stirn. Mika wurde plötzlich traurig. Der Ernst der Lage lastete tonnenschwer auf ihrer Seele. Aber sie wollte ihren Kummer nicht zeigen.

»Ich lass mir schon was einfallen«, sagte Mika aufmunternd. Dann ging sie zum Gatter, Ostwind begleitete sie. Als sie den Zaun erreichten, wurde er unruhig. Mika sah sich verwundert um – doch da war niemand.

»Was ist denn?«, fragte Mika Ostwind. »Ich muss los, sonst krieg ich Ärger.«

»Den hast du schon!«, war plötzlich eine Stimme aus dem Baum über ihnen zu hören. Es war Sam. Er saß auf einem dicken Ast. Mika hatte ihn nicht bemerkt.

»Was machst du denn da?«, rief sie.

»Ich soll auf dich aufpassen«, sagte Sam. »Und was machst du da!?«

Mika begriff nicht, was er meinte. »Was denn?«

Sam deutete auf Ostwind. »Das ist das gefährlichste Pferd, das ich kenne – und du spielst mit ihm Fangen, als wäre es dein Hund.«

»Er ist nicht gefährlich«, erklärte Mika und kletterte zu Sam auf den Baum. Vielleicht verstand Sam eher als ihre Großmutter, was mit Ostwind los war.

»Er braucht einfach jemanden, der ihn …«, erklärte Mika und suchte nach dem richtigen Wort, »… der ihn sieht.«

»Ach ja? Und woher willst du das wissen?« Sam war skeptisch.

»Weiß ich eben«, sagte Mika. Ihr war klar, dass sie es nicht genauer erklären konnte.

Sam schaute Mika von der Seite an, dann sah er zu Ostwind, der friedlich unter ihnen graste.

»Mhm«, machte Sam, und es klang noch immer so, als würde er Mika kein Wort glauben. Doch nachdem er eine Weile Ostwind beobachtet hatte, veränderte sich sein Gesichtsausdruck. Er lächelte.

»Der sieht ganz anders aus, irgendwie … glücklich«, sagte er schließlich.

Auch Mika hatte Ostwind nicht aus den Augen gelassen. Ihr liebevoller Blick erstarrte.

»Sie darf ihn nicht diesem Ungarn geben! Wir müssen mit ihr reden!«, rief sie plötzlich unerwartet heftig. Dabei kam sie auf dem Ast gefährlich ins Schwanken.

Doch Sam hielt sie fest. Er schüttelte den Kopf. »Sie würde uns nicht mal zuhören«, sagte er und fügte sehr ernst hinzu: »Ostwind hat deine Großmutter schwer verletzt. Sie kann nicht mehr reiten seitdem.«

Mika schluckte. Das hatte sie nicht gewusst. Eine

Weile sahen Sam und Mika schweigend auf Ostwind hinab.

Plötzlich hatte Mika eine Idee. »Er könnte an diesem Turnier teilnehmen!«, schlug sie vor.

Diesmal geriet Sam aus dem Gleichgewicht. »An den Kaltenbach Classics? Und wer sollte ihn da reiten?«, fragte er.

Mika schaute Sam vielsagend an.

Sam musste lachen: »Du?«

Mika zog die Stirn in Falten. »Und warum nicht?«, fragte sie trotzig.

Sam ruderte mit den Armen. Erwartete dieses verrückte Mädchen ernsthaft eine Antwort?

»Weil du nicht reiten kannst?«, schlug er vor.

»Na und? Ich kann's ja lernen«, widersprach Mika.

Sam wurde wieder ernst. »Mika! In vier Wochen kann kein Mensch... und selbst wenn: Frau Kaltenbach würde dich – uns beide – umbringen«, erklärte er eindringlich.

»Sie muss es ja nicht wissen«, sagte Mika.

Sam schwieg nun nachdenklich, während Mika weiter auf ihn einredete: »Bitte. Ich muss ihr ja nur beweisen, dass er nicht unbrauchbar ist. Schau ihn dir doch an.«

Sam sah hinüber zu Ostwind. Das Pferd graste friedlich. Sams Miene verdüsterte sich plötzlich unerklärlich. »Mmmhhh«, machte er.

»Was?«, fragte Mika. Doch Sam antwortete nicht sofort. Er zog nur weiter die Stirn in Falten. Nur zu gerne würde er dem Pferd helfen. Aber sie würden einen Trainer für Mika brauchen. Und das war das Problem.

»Was soll's«, seufzte er schließlich. »Ich wüsste nur einen Menschen, der irre genug wäre, so was zu versuchen.«

Mika war nicht wenig überrascht, als Sam sie zur Laube seines Großvaters führte. Herr Kaan bat sie freundlich hinein. Und so zogen Sam und Mika ihre Schuhe aus, setzten sich im Schneidersitz zu ihm und erzählten ihren Plan, wie sie Ostwind retten wollten, und dass sie einen Trainer bräuchten.

Nachdem sie geendet hatten, sagte Sams Großvater lange nichts. Er nippte an einem dampfenden Teeglas. Endlich räusperte er sich. »Nein«, sagte er.

Mika und Sam sahen ihn ungläubig an. »Nein?«, fragte Mika.

»Und warum nicht?«, fragte Sam.

»Weil ich mir geschworen habe, ein kaputtes Pferd nie wieder zu etwas zu zwingen«, erklärte Herr Kaan. Seine Miene blieb unbewegt.

Sam stand wütend auf. »Dann war das also doch nur ein Märchen!«, sagte er und nickte in Richtung der Schnitzerei: Das Pferd mit dem Schläfer.

Sams Großvater schwieg.

»Komm«, sagte Sam zu Mika.

Aber Mika rührte sich nicht. Sie sah Herrn Kaan an. »Ich dachte, nichts ist so kaputt, dass man es nicht reparieren kann«, sagte sie.

Herr Kaan richtete sich auf und sah Mika nachdenklich an. Sein Blick schweifte zu den geschnitzten Figuren. Dann wieder zu Mika.

»Kannst du ihn spüren?«, fragte er schließlich.

Sam schaute fragend von Mika zu seinem Großvater. Was sollte das nun wieder heißen?

Zu Mikas eigener Überraschung wusste sie die Antwort auf Herrn Kaans Frage sofort: »Ja«, sagte sie mit fester Stimme.

»Weißt du, warum er mich getreten hat?«, fragte Herr Kaan.

»Sie hatten Angst. Und das hat ihm Angst gemacht«, erklärte Mika. Sie dachte kurz nach. »Er ist … wie ein Spiegel.«

Im Bauwagen herrschte nun absolute Stille. Herr Kaan nickte nachdenklich. »Also gut. Bis Morgen«, sagte er schließlich.

Mika strahlte. Herr Kaan glaubte an sie! Er glaubte an Ostwind! Sie hätte die ganze Welt umarmen können.

Als Mika und Sam vor dem Bauwagen ihre Schuhe anzogen, stand die Sonne bereits tief am Horizont.

Sam schien von der Situation noch immer ein wenig überfordert. »Er war mal Springtrainer, einer der besten, aber dann ist er ziemlich … naja, abgedreht. Und hat sich mit deiner Großmutter zerstritten«, erzählte er, während er auf Mika wartete, die ihre Turnschuhe schnürte.

»Warum denn?«, wollte Mika wissen.

»Wegen ihrer Trainingsmethoden. Die sind manchmal ganz schön hart. Aber das ist der Sport. Er hat gesagt, sie ›hört den Pferden nicht mehr zu‹. Was auch immer das bedeutet«, erklärte Sam.

Mika schulterte ihren Rucksack.

»Kommst du nicht mit zurück?«, fragte Sam.

Mika grinste. Es war offensichtlich, dass sie jetzt sofort zu Ostwind wollte.

»Und wenn jemand fragt, bist du in deinem Zimmer und lernst?«, fragte Sam.

Mika nickte. »Danke«, sagte sie und sah Sam für einen Moment direkt in die Augen. Dann rannte sie hinüber zur Koppel.

Ostwind stand friedlich grasend auf der Weide und witterte Mika schon von Weitem. Er hob den Kopf und spitzte die Ohren.

»Hey, ich hab so richtig gute Nachrichten«, rief Mika, während sie ihm entgegenrannte.

Der Hengst galoppierte freudig auf sie zu. Auf Mikas Gesicht breitete sich ein glückliches Lächeln aus. Nach all den sorgenvollen Gedanken genoss sie diesen unbeschwerten Moment aus tiefstem Herzen. Denn sie wusste: Morgen war es mit dem Spielen erst einmal vorbei. Dann begann die Arbeit. Sie musste beim Training alles geben.

Für Ostwind.

10. Kapitel

Früh am nächsten Morgen lief Mika in die Sattelkammer. Sie wollte schon gleich alles Notwendige für ihre erste Reitstunde bei Herrn Kaan mitbringen. Doch angesichts der riesigen Auswahl an glänzenden Ledersätteln, blank geputzten Stiefeln, Trensen, Hosen und Helmen hielt sie ratlos inne.

Zögernd griff Mika schließlich nach einem kompliziert aussehenden Gewirr aus Lederriemen, als sie plötzlich Tinkas Stimme hinter sich hörte: »Willst du die Kutsche anspannen?«

Mika fuhr herum. Sie fühlte sich peinlich ertappt, denn Tinka hatte die ganze Zeit hinter der Tür gesessen und ein paar Reitstiefel poliert.

»Ähh ... ich ... also, ganz theoretisch, was bräuchte man denn als Anfängerin?«, fragte sie.

Tinka lächelte spitzbübisch. »Ich würde eine doppelt gebrochene Wassertrense nehmen«, sagte sie. Dann stand sie auf und reichte Mika eine Trense vom Haken. Mika staunte.

»Und auf jeden Fall das«, sagte Tinka eifrig und

reichte Mika einen Helm. Er sah mehr nach einem Skaterhelm als einem Reithelm aus. »Den kannst du haben. Archibald versucht immer reinzubeißen –«

In diesem Moment betrat Michelle den Stall und blitzte Mika böse an. »Ich dachte, du hast Stallverbot?«

»Ich wollte nur ... ich soll ...«, stammelte Mika verlegen.

Zum Glück sprang ihr Tinka bei: »... Sam die Sachen bringen. Für die neue Reitschülerin«, beendete sie Mikas Satz.

»Ge-nau. Die doppelt-gemoppelte Wassertranse. Danke und schönen Tag«, sagte Mika und drängte sich rasch an Michelle vorbei, die ihr misstrauisch hinterherblickte.

Um Michelle abzulenken, reichte Tinka ihr schnell die Stiefel. »Schau mal. Wie neu, oder?«

Michelle nahm ihre Stiefel und betrachtete sie kritisch.

Währenddessen lief Mika zurück in ihr Zimmer und zog sich rasch um. Dann huschte sie unbemerkt zu Herrn Kaans Laube. Aber sie war zu früh. Also setzte sie sich auf die Bank und wartete. Nervös trommelte sie mit den Füßen auf den Boden. Endlich öffnete sich die Tür und Herr Kaan trat aus seiner Behausung. Mika sprang erlöst auf. »Ich bin soweit!«, rief sie.

Herr Kaan musterte Mika mit etwas Erstaunen. An ihrem Körper flatterte eine viel zu große Reithose und auf dem Kopf trug sie den zu kleinen Reithelm. »Die Hose ist riesig. Aber ich hab jede Menge Zügel«, entschuldigte sich Mika. Sie reichte Herrn Kaan die Trensen.

Aber Herr Kaan legte sie beiseite. »Das brauchen wir nicht«, sagte er.

Mika sah ihn fragend an.

Herr Kaan hob drei Finger hoch. »Bevor ein Mensch auf ein Pferd steigt, muss er drei Dinge können«, erklärte er ihr und führte Mika zum See. Dort musste sie sich die Hosen hochkrempeln und auf ein glitschiges Floß stellen.

»Erstens: Balance«, sagte Herr Kaan.

Er forderte Mika auf, sobald sie sich sicher fühlte, ein Bein zu heben. Er selbst setzte sich gemütlich ins Gras, um zu schnitzen.

Diese Übung erschien Mika einfach. Schließlich war sie Kickboardfahrerin. Da war ein gutes Gleichgewichtsgefühl Voraussetzung. Mika konzentrierte sich. Dann hob sie vorsichtig ein Bein. Doch schon nach kurzer Zeit begann sie zu wackeln und plumpste ins Wasser.

»Mist!«, ärgerte sie sich.

Aber Herr Kaan sagte nur ruhig und ohne aufzublicken: »Noch mal.«

Für die nächste Übung holte Herr Kaan seinen alten Kassettenrekorder aus seiner Laube. Mika verzog das Gesicht. Aber Herr Kaan ließ sich nicht beirren. Er schwang seine Arme und vollführte dazu seltsame, für einen alten Mann aber erstaunlich kraftvolle Tanzschritte.

»Zweitens: Rhythmus«, sagte Herr Kaan. Dann packte er Mikas Hände und zog sie hoch. »Jetzt du«, sagte er.

Mika wusste kaum, wie ihr geschah. Etwas verkrampft tanzte sie mit Herrn Kaan völlig neben dem Takt. »Eins, zwei… äh… zwei…«

Eigentlich dachte Mika, es könnte nicht noch seltsamer kommen. Aber die nächste Übung bestand darin, dass Herr Kaan ihr in schneller Folge Äpfel zuwarf, die sie fangen sollte.

»Drittens: Koordination«, sagte Herr Kaan.

Mika gab sich redlich Mühe. Aber die Äpfel brachten sie sichtbar aus dem Konzept.

»Und viertens…«, sagte Herr Kaan.

Mika verdrehte die Augen. »Wieso vier? Drei haben sie gesagt!«, rief sie ungeduldig.

»…Ausdauer«, vollendete Herr Kaan seinen Satz und warf ihr eine neue Ladung Äpfel zu.

»Wenn du das alles kannst, machen wir weiter«, sagte Herr Kaan und lächelte ein seltenes Lächeln.

Mika schluckte, aber sie ließ sich nicht entmutigen.

In den nächsten Tagen nutzte sie jede Minute, um zu trainieren. Gelegenheiten gab es viele.

Das Vordach, über das sie sich jeden Tag aus dem Zimmer schlich, war schon bald ihre einfachste Übung. Sie meisterte die rutschige Schräge mit schlafwandlerischer Sicherheit.

Dann rannte sie zu Herrn Kaan, der sie zu einem ausgelassenen Tänzchen aufforderte. Seine Koppel erwies sich dabei als hervorragendes Übungsterrain. Einmal probierte Mika, mit einer Schüssel Mohrrüben auf dem Kopf auf der Mauer zu balancieren. Die Schüssel schwankte bedrohlich. Als dann auch noch Michelle an ihr vorbeiritt, prasselten die Mohrrüben lautstark zu Boden. Michelle warf Mika einen mitleidigen Blick zu. Aber Mika biss die Zähne zusammen und probierte es gleich noch einmal.

Selbst beim Mittagessen konnte Mika nicht aufhören, zu üben. Mit blitzschnellen Bewegungen stocherte sie über ihren Teller, dann hielt sie triumphierend die Gabel hoch. Auf jeder Zinke hatte sie je eine Erbse aufgespießt. Ihr Siegerlächeln verschwand jedoch schnell, als sie in das befremdete Gesicht ihrer Großmutter blickte. Kommentarlos aß Maria Kaltenbach weiter, während Mika einen weiteren Versuch startete – diesmal mit der linken Hand.

Wenn Sam Mika in diesen Tagen üben sah, musste er jedes Mal heimlich grinsen. Er war der Einzige auf dem Hof, der wusste, warum sich Mika so sonderbar benahm.

Am schwierigsten war die »Wippe«, ein Baumstamm, über dessen runde Seite Herr Kaan ein schmales Brett legte, damit Mika darauf balancierte. Aber das spornte Mika erst richtig an. Sie übte Stunde um Stunde. Als sie endlich sicher auf dem Brett stand, warf ihr Herr Kaan unvermittelt ein paar Äpfel zu. Ohne aus dem Gleichgewicht zu geraten, fing Mika den ersten Apfel mit der rechten, den zweiten mit der linken Hand. Sie grinste.

Herr Kaan nickte zufrieden. »Jetzt hast du es!«

Mika hatte den Grundkurs bestanden. Nun ging es endlich auf die Koppel.

Während Ostwind friedlich graste, führte Herr Kaan Mika in die entgegengesetzte Richtung fort, um ihr seine Prinzipien im Umgang mit einem Pferd zu erklären.

»Das Wichtigste zwischen Reiter und Pferd ist die Beziehung. Es muss ein Gleichgewicht herrschen zwischen Vertrauen und Respekt. Du musst ihn führen. Wenn du seinen Respekt nicht am Boden hast, wirst du ihn auf seinem Rücken auch nicht bekommen«, erklärte Herr Kaan.

Mika hörte ihm aufmerksam zu. Während sie gingen, sahen sie nicht, dass Ostwind sich in Bewegung gesetzt hatte und ihnen neugierig folgte.

»Er muss dir folgen. Aber nie aus Angst. Er muss dir folgen wollen-«, sagte Herr Kaan gerade noch, als hinter ihnen ein Schnauben zu hören war.

Verblüfft hielt Herr Kaan inne und drehte sich um. Ostwind stand direkt neben Mika und stupste sie sanft an die Schulter. Mika streichelte ihn abwesend, ihre Konzentration war noch immer voll bei Herrn Kaan.

»Ja? Wir müssen –?«, fragte Mika wissbegierig.

Doch Herr Kaan hatte vergessen, was er sagen wollte.

In den nächsten Tagen trainierten sie von früh bis in die Abendstunden. Aber noch durfte Mika nicht auf Ostwinds Rücken. Erst sollte ihr Vertrauen ineinander weiterwachsen.

Und so gingen Mika und Ostwind zunächst nur nebeneinander her. Mika wechselte dabei unverwandt Richtung und Geschwindigkeit, Ostwind tat es ihr nach. So kamen sie sich auf Augenhöhe näher und näher. Aber es war schon nicht mehr reines Spiel. Mika war die ganze Zeit konzentriert. Sie wirkte planvoll, sie beobachtete und lernte.

»Ihr müsst eure Bewegungen aneinander angleichen. Pferde kommunizieren über Körpersprache und Energie. Du musst dein Pferd fühlen, um es begreifen zu können…«, rief Herr Kaan, während er dabei zusah, wie sich auf der Koppel zwischen Mika und Ostwind mehr und mehr ein harmonisches Ballett entwickelte.

»Pferde verstehen Bilder. Schick ihm ein Bild von dem, was du möchtest, dass es tut. Wenn er dir richtig vertraut, kannst du einen Gedanken denken und er folgt dir. Wenn er es nicht tut, macht nicht er den Fehler, sondern du. Es liegt in deiner Verantwortung, ein guter Leader für dein Pferd zu werden«, rief Herr Kaan.

Aber Mika und Ostwind hatten bereits verstanden. Im warmen Licht der Abendsonne lief Mika über die Wiese, Ostwind dicht neben ihr. Ihre Bewegungen waren absolut synchron.

»Ihr seid eine Herde. Eine Zweierherde. Und du bist das Leittier«, rief Herr Kaan von der anderen Seite des Gatters. Er sah zufrieden aus.

Für die letzte Übung führte Herr Kaan Mika schließlich zu einem Waldsee. Das, was nun geschehen sollte, war für Ostwind und Mika ein wichtiger Meilenstein. Herr Kaan hatte Mika vorher genau instruiert. Er selbst blieb am Ufer stehen, während Mika Ostwind in den See führte. Als sich das erste Wasser in Mikas Jeans saugte, blieb sie verunsichert stehen.

»Nur weiter. Wie wir es besprochen haben«, sagte Herr Kaan aufmunternd. »Jetzt werden wir sehen, ob er dich akzeptiert.«

Mika ging langsam weiter.

»Denk daran: Deine Angst ist seine Angst«, rief Herr Kaan.

Mika nickte. Entschlossen lief sie weiter in den See, bis sie nicht mehr stehen konnte. Ostwinds Rücken war schon fast mit Wasser bedeckt. Mika schaute zu Herrn Kaan ans Ufer, der ihr mit einem entschlossenen Nicken signalisierte: Nur zu!

Mit einem Schwimmstoß landete Mika auf Ostwinds Rücken. Langsam richtete sie sich auf, griff in seine Mähne, um sich festzuhalten. Vorsichtig wendete das große Pferd und gemeinsam entstiegen die beiden dem glitzernden Wasser. Auf Mikas Gesicht spiegelte sich ein unbeschreibliches Glücksgefühl. Sie kamen vor Herrn Kaan zum Stehen. Vorsichtig streckte er die Hand aus und streichelte Ostwinds Kopf. Der Hengst ließ es geschehen. Der alte Mann war sichtlich berührt. Er schaute zu Mika auf, die ihn nass, aber glücklich vom Pferderücken anstrahlte.

»Ja, jetzt können wir anfangen«, sagte Herr Kaan.

Von nun an war Mika Tag für Tag mit Ostwind auf der Koppel, egal ob bei Sonne, Regen oder Wind. In weiten Kreisen ritt sie um Herrn Kaan, zunächst noch etwas wackelig, aber zunehmend sicherer. Herr Kaan drehte sich mit ihnen um seine eigene Achse und gab ihr Anweisungen.

Mika wurde von Tag zu Tag selbstbewusster. Zwar fühlte sie sich abends vom langen Tag auf Ostwinds Rücken wie gerädert. Aber eine wachsende Zufriedenheit machte jeden Muskelschmerz wieder wett. Auch traute sie sich jeden Tag ein bisschen mehr zu. Sie probierte es einhändig, steigerte das Tempo, ritt im Schritt und im Galopp. Nur das Aufsteigen machte ihr noch lange Probleme, denn sie ritt ohne Sattel und ohne Steigbügel.

Aber bald kam es ihr so vor, als hätte sie nie in ihrem Leben etwas anderes gemacht, als zu reiten. Sie fühlte sich auf Ostwinds Rücken so sicher wie auf ihrem Kickboard. Inzwischen schaffte sie es sogar, sich auf Ostwinds Rücken zu knien und sich langsam zu erheben. Erst vorsichtig und etwas wackelig, bis sie mit einem triumphierenden Lächeln auf seinem Rücken stand. Dann machte Ostwind ein paar Schritte, damit Mika zwei Äpfel von einem hohen Apfelbaum pflücken konnte.

Nach einem langen Trainingstag, das letzte Licht lag über der Koppel, ritt Mika auf Ostwind mit kerzengeradem Sitz und ausgestreckten Armen um Herrn Kaan. Herr Kaan schnippte mit den Fingern, sie wurde schneller, er schnippte wieder, sie wurde langsamer, er schnippte erneut, sie wurde schneller. Als er noch einmal schnippte, ließ sich Mika nach vorne sinken und tat so, als würde sie auf dem Pferderücken gleich einschlafen. Herr Kahn unterdrückte ein Lächeln.

11. Kapitel

Geduckt galoppierte ein Reiter auf ein hohes Hindernis zu. Das Pferd schnaubte angestrengt, es wurde schneller. Doch kurz vor dem Sprung drehte es ab und verweigerte.

Maria Kaltenbach, die in der Mitte des Reitplatzes auf ihren Stock gestützt stand, schüttelte frustriert den Kopf.

»Nein! Du musst ihn härter rannehmen, Michelle! Er hat das nicht zu entscheiden! Zeig ihm, wer oben sitzt! Gleich noch mal!«, rief sie.

Michelle nickte knapp. Dann galoppierte sie erneut an. Dabei griff sie hart in die Zügel und zog Weingrafs Kopf herunter. Sam, der das Training verfolgte, sah besorgt aus.

Michelle bemerkte es nicht. Sie war allein auf das Hindernis konzentriert und galoppierte Weingraf unbarmherzig darauf zu, indem sie ihn mit den Sporen antrieb. Die Metalltrense spannte sich hart in Weingrafs Maul, die Lederriemen knarzten.

Michelles Ritt wurde schneller. Hufe krachten auf

den Boden und wirbelten Staub auf. Die Gerte traf Weingrafs Hinterteil, als das Hindernis vor ihnen auftauchte. Dann hob Michelle sich aus dem Sattel und sprang ab, ihr Gesicht war vor Anspannung zur Grimasse verzerrt. Sam schloss die Augen.

Die Latte wackelte, dann fiel sie krachend auf den Boden. Michelle landete auf der anderen Seite und ballte frustriert die Hand zur Faust. Die Pferdemädchen, die wie immer am Gatter hingen, tuschelten, als Michelle in einem Bogen ausritt. Maria Kaltenbach schüttelte ratlos den Kopf.

»Der Landestrainer kommt zu unserem Turnier in ein paar Tagen. Du weißt, was das für uns bedeutet«, sagte Maria Kaltenbach, als Michelle neben ihr zum Stehen kam.

Michelle saß ab und nahm ihren Helm ab. Sie sah verzweifelt aus. »Ja! Aber er nimmt einfach die Beine nicht hoch genug! Ich weiß nicht, was ich noch machen soll!«, rief sie.

Maria Kaltenbach warf einen ernsten Blick auf den nassgeschwitzten Weingraf, dann zu Michelle.

»Du weißt, ich halte große Stücke auf dich. Ich sehe viel von mir in dir«, sagte sie.

Michelle nickte verbissen.

Maria Kaltenbach lächelte knapp. »Also mach dir einen Knoten in den Hintern. Und ihm Beine!«, sagte sie und wandte sich zum Gehen.

»Ja, Frau Kaltenbach«, sagte Michelle und blieb zurück. Wütend drosch sie mit ihrer Gerte ans Gatter. Tinka fiel vor Schreck fast vom Zaun.

»Absatteln!«, rief Michelle herrisch. Sofort wurde sie von den Pferdemädchen umringt. »Ich! Ich! Ich!«, riefen sie wild durcheinander.

Unterdessen lief Mika zur Koppel und machte Ostwind bereit für das Training. Nachdem sie ihm die Satteldecke über den Rücken gelegt hatte, schaute sie sich suchend um. Aber weit und breit war kein Herr Kaan zu sehen. Also schwang sie sich auf das Pferd und ritt über die Koppel. Da entdeckte sie ihn. Er saß auf dem Gatter und schnitzte. Mika kam vor ihm zum Stehen und verbeugte sich mit gefalteten Händen wie ein Yogi.

»Guten Morgen, Meister. Was haben Sie heute für uns?«, fragte sie scherzend.

Herr Kaan blickte auf und schaute Mika mit mildem Lächeln an. »Nichts. Heute habe ich Ruhetag«, sagte er.

Mika war enttäuscht. »Und was machen wir dann?«, wollte sie wissen.

Herr Kaan grinste. »Was ihr am besten könnt«, sagte er.

Mika wusste nicht, was Herr Kaan meinte. »Und was …?«

Herr Kaan gab Ostwind einen Klaps auf die Hinterbacke. »Fliegen!«, rief er.

Ostwind riss wiehernd den Kopf nach oben. Mika war zwar überrascht, doch sie blieb sicher im Sattel. Und sie begriff: Herr Kaan konnte ihr nichts mehr beibringen.

Mika überkam für einen kurzen Moment Wehmut. Doch dann galoppierten sie auch schon los. Fort von der gewohnten Koppel ging es querfeldein über grüne Wiesen, vorbei an leuchtend gelben Rapsfeldern und dem tiefgrünen Waldrand. Das Ende der Wiese kam in Sicht, ein Zaun – doch das konnte die beiden nicht stoppen. Mika duckte sich tief über den Pferderücken und Ostwind hob ab. Es rauschte in ihren Ohren, der weite Himmel füllte ihr Gesichtsfeld. Sie hatte für einen Moment nur noch ein grenzenloses Blau vor Augen.

Mika konnte nicht anders. Sie schrie: »Yeeeeaaaahhhh!«

In diesem Moment ratterte Sam gedankenverloren auf seinem Traktor die Schotterstraße entlang. Er sah gerade noch, wie Mika auf Ostwind mühelos über den meterhohen Zaun hinwegsetzte und über ein Stoppelfeld davongaloppierte. Sams Mund klappte auf. Perplex schaute er den beiden nach.

Im vollen Galopp drehte Mika sich um und schaute zurück zu dem übersprungenen Gatterzaun. Sie riss einen Arm in die Luft, die Hand zur Siegesfaust geballt. Ostwind wieherte und stieg auf die Hinterbeine. Sie fühlten dasselbe.

12. Kapitel

Sam konnte kaum glauben, was er gesehen hatte. Sofort lief er zu seinem Großvater, der ruhig auf seiner Bank saß.

»Das war Wahnsinn, unglaublich! Der Zaun ist doch mindestens eins sechzig hoch. Das war Weltklasse! Das war … und nicht mal Paul Schockemöhle hätte das hinbekommen!!«, rief er stürmisch.

Mika kam auf Ostwind unbemerkt hinzu. »Wer ist denn Paul Schockemöhle?«, fragte sie.

Sam fuhr herum. Aber hinter ihm stand nicht nur Mika, sondern auch Ostwind. Sam machte einen erschrockenen Schritt rückwärts.

»Ist gut«, sagte Herr Kaan ruhig.

Vorsichtig streckte Sam eine Hand aus. Und auch Ostwind streckte ihm den Kopf entgegen und schnupperte an seiner Hand.

»Wahnsinn«, murmelte Sam. »Hallo, Ostwind.«

»Sprechen hat er noch nicht gelernt«, lachte Mika.

Auch Sam musste grinsen. Er sah seinen Großvater voller Bewunderung an. »Das hätte ich niemals geglaubt«, gestand er. Dann wandte er sich euphorisch an Mika: »Und wenn Frau Kaltenbach das sieht, dann frisst sie eine Mistgabel, das schwöre ich dir! Ihr werdet es allen zeigen! Das wird der Auftritt des Tages!«

Aber Sams Euphorie machte Mika plötzlich Angst. Eine tiefe Verunsicherung meldete sich in ihrem Innersten mit schrillen Alarmsirenen.

Sie, Mika, die Komplettversagerin mit ihrem katastrophal schlechten Zeugnis, das von ihrer Familie belächelte Mathematikdoofi, wollte also an einem Turnier teilnehmen und es allen zeigen? Jetzt, wo es wirklich auf sie ankam, spürte Mika, wie ihr Selbstbewusstsein bröckelte. Zu oft hatte man ihr das Gefühl gegeben, eine Versagerin zu sein.

»Ich weiß nicht… vielleicht ist das mit dem Turnier doch noch eine Nummer zu groß. Die ganzen Leute… was wenn wir…«, stammelte sie. Abwesend streichelte sie Ostwinds Stirn.

Sam sah Mika überrascht an. »Aber dafür habt ihr das doch gemacht! Und dafür habe ich Frau Kaltenbach die ganze Zeit ins Gesicht gelogen«, sagte er verständnislos und zeigte auf Ostwind: »Um ihn zu retten. Oder nicht?«

Mika blickte zu Herrn Kaan. Sie suchte nach Bestätigung für ihre Zweifel. Aber Herrn Kaans Gesicht blieb gleichmütig. Es verriet nicht, was er dachte.

»Wir sind noch nicht soweit. Wir brauchen noch mehr Zeit …«, sagte Mika ausweichend.

Auch Sam sah nun zu Herrn Kaan. Doch der schwieg noch immer. Sam gab auf. »Du brauchst vielleicht noch mehr Zeit«, rief Sam wütend und zeigte auf Ostwind: »Aber er hat keine mehr!«

Damit drehte er sich um und stapfte davon. Mika sah ihm nach. Wie gerne hätte sie ihm jetzt etwas gesagt, etwas, das ihn versöhnte, aber sie brachte es nicht fertig. Sie musste zuerst ihre eigenen Gefühle ordnen.

Dann tat Mika etwas, von dem sie selbst nicht gedacht hatte, dass sie es tun würde. Sie lief ins Gutshaus und rief von dem alten Telefon im Flur ihre Mutter an.

Als Elisabeth an ihr Handy ging, stand sie gerade an einem Fenster in einem großen, noch leeren Auditorium. Hinter dem Podium hing ein großes Transparent: *International Conference – Modern Trends in Theoretical Physics,* stand darauf. Sie war ein bisschen überrascht, als sie Mikas Stimme hörte. »Hallo, Schatz, wie läuft es denn mit Lernen?«, fragte sie in ihr Handy.

Mika holte tief Luft. »Mama? Also, ich wollte dich eigentlich was fragen. Wenn man etwas gerade gelernt hat, sich aber nicht sicher ist, ob es reicht, um …«

In diesem Moment füllte sich hinter Elisabeth langsam der Saal mit Wissenschaftlern aus aller Herren Länder. Ein Gong ertönte.

»Schatz, die Primzahlen rufen«, unterbrach Elisabeth ihre Tochter. »Und natürlich schaffst du das. Du schaffst alles, was du dir in den Kopf setzt! Also… Tschüs.«

»Tschüs«, erwiderte Mika lahm. Für ihren Geschmack war das kein wirklicher Rat, sondern nur Worte. Leicht dahingesagte Worte.

Niedergeschlagen ging Mika auf ihr Zimmer. Hatte sie sich von ihrer Mutter tatsächlich mütterlichen Rat erhofft? Was für eine dumme Idee! Solange es kein physikalisches Problem war, musste sie sich die Antworten auf ihre Fragen wohl selbst geben.

13. Kapitel

In der Reithalle saß eine Gruppe Reitschülerinnen auf ihren Pferden aufgereiht vor Maria Kaltenbach. Michelle auf Weingraf thronte neben ihr. Es war der Tag vor den Kaltenbach Classics, die Generalprobe.

»Ja, Kinder! Morgen wird uns zwar leider nur Michelle vertreten, aber heute sollt ihr alle die Chance haben, den offiziellen Parcours auszuprobieren. Wer will den Anfang machen?«, fragte Frau Kaltenbach. Sofort schossen alle Arme der Reitschülerinnen gleichzeitig nach oben. Diese Gelegenheit wollte sich keine der jungen Reiterinnen entgehen lassen.

Sam interessierte die Generalprobe reichlich wenig. Er sammelte vor der Halle die Pferdeäpfel in eine Schubkarre. Seit gestern fühlte er sich unglücklich und auch zornig. Obwohl er die Sache mit Mika für sich bereits abgehakt hatte. Denn Mika schien ja sowieso alles egal. Und in einer Woche würde sie wieder in der Großstadt sein. Ihn, Gut Kaltenbach und Ostwind würde sie bald vergessen haben.

Während er missmutig die Schubkarre packte, kam

die kleine Tinka eilig auf ihrem Schecken-Pony angetrabt. »Oh Mann, Archibald hat sich in eine Kuh verliebt und ich hab ihn einfach nicht von der Koppel gekriegt…«, rief sie hektisch.

Sam lächelte gutmütig. Ja, Tinka hatte die wahre Leidenschaft. Sie würde ihren Archibald niemals im Stich lassen! Bereitwillig schob Sam das große Tor für sie auf. »Keine Panik. Die haben noch nicht angefangen«, sagte er. Dann rief er in die Halle: »Tor frei!«

Das Pony trippelte sogleich eilig an ihm vorbei und Sam schob das Tor wieder zu. Nun waren also alle Kaltenbachschülerinnen beisammen. Als er sich jedoch umdrehte, entdeckte er in der Ferne ein weiteres Pferd.

Sam kniff die Augen zusammen. Erst konnte er im Gegenlicht nichts genau sehen, doch dann erkannte er die langen roten Haare. Also doch! Sams Herz begann schneller zu schlagen. Und obwohl ihn maßlose Freude überflutete, hatte er plötzlich auch einen Kloß im Hals.

Sam schob das Tor wieder auf.

»Dann zeigt euch jetzt Michelle noch einmal, wie es ge–«, sagte gerade Maria Kaltenbach. Doch weiter kam sie nicht. Denn Sam rief mit unverhohlenem Stolz in der Stimme: »Tor frei!«

»Wer kommt denn jetzt noch?«, wunderte sich Frau Kaltenbach.

Aller Augen richteten sich nun auf das Tor, das quietschend aufgeschoben wurde. Ein Mädchen auf einem dunklen Hengst ritt langsam in die Halle. Den Pferdemädchen klappte die Kinnlade herunter, Maria Kaltenbachs Gesichtszüge entgleisten. Alle starrten auf Mika, die auf Ostwind direkt vor ihrer Großmutter zum Stehen kam. Maria Kaltenbach wich unwillkürlich einen Schritt vor dem Hengst zurück.

»Was soll das werden?«, fragte sie streng.

Mikas unsicherer Blick suchte Sam, der zum Glück sofort neben ihr auftauchte. Maria schaute ihn fassungslos an. »Samuel?!«

»Frau Kaltenbach, bitte … ich kann ihnen das jetzt nicht erklären. Sie müssen sich das einfach nur anschauen«, stammelte Sam.

Doch er wurde jäh unterbrochen. »Was fällt euch ein …«, entrüstete sich Frau Kaltenbach.

»Bitte!«, rief Sam inständig.

Maria Kaltenbach verstummte. Sam verstand dies als Einwilligung. Er atmete tief durch. Dann nickte er Mika zu und flüsterte: »Zeigt's ihnen!«

Mika wendete Ostwind und ritt eine Runde durch die Halle. Ihre Unsicherheit war offensichtlich. Gegen Michelle auf Weingraf mit ihrem makellosen Reitdress wirkte Mika in ihren alten Jeans zudem ziemlich schäbig. Die Pferdemädchen tuschelten.

»Was hat die denn an?«

»Kein Sattel?!«

»Ist das Ostwind?«

Mika lenkte Ostwind auf die Startposition. Dann beugte sie sich zum Hals des Pferdes hinunter. »Ich geh vor«, flüsterte sie.

Ostwinds Schnauben war die Antwort. Mika richtete sich auf und galoppierte an. Vor ihr tauchte das erste Hindernis auf. In Gedanken flog sie darüber hinweg. Dann sprang Ostwind ab.

Den Zuschauern entkam ein überraschter Laut. Ein anerkennendes »Ahhhh…« tönte durch die Halle.

Mika lachte innerlich befreit auf. Es ging! Sie konnten es schaffen! Jetzt waren sie und Ostwind nicht mehr zu halten. Sie flogen förmlich durch den Parcours. Kein Hindernis war ihnen zu hoch. Sie wuchsen mit jeder übersprungenen Latte über sich hinaus. Ihr Ritt spiegelte sich auch auf den Gesichtern des Publikums: von ungläubigem Erstaunen bis zu heller Begeisterung waren alle Gefühlsregungen vertreten.

Mika hatte sich noch nie so gut gefühlt. Sie ritt eine haarscharfe Kurve und galoppierte nun auf das letzte Hindernis zu: den Doppel-Oxer. Ostwind setzte zum Sprung an, sie hoben ab – und landeten fehlerfrei. Als der letzte Huf donnernd auf dem Boden aufsetzte, brachen die Pferdemädchen in frenetischen Jubel aus. Maria Kaltenbach sah fassungslos, wie ihre Schülerinnen auf Mika zustürmten und Ostwind umringten, der ruhig in ihrer Mitte stand. Alle wollten ihn anfassen.

Mika war der Tumult unangenehm. Aber nicht nur ihr – auch Michelle. Nur auf andere Art. Ihr bleiches Gesicht war eigentümlich verzerrt, während sie Mika fassungslos fixierte.

Mika spähte ängstlich zu ihrer Großmutter. Was mochte sie jetzt denken? Doch Maria Kaltenbach stand nur starr und ausdruckslos wie eine Salzsäule. Dann straffte sie die Schultern und ging ohne eine Miene zu verziehen auf Mika zu. Sam folgte ihr. Die Mädchen bildeten eine ehrfürchtige Gasse. Mika lächelte ihrer Großmutter unsicher entgegen, bereit für ein Donnerwetter. Maria Kaltenbach blieb vor ihr stehen. Sie würdigte Ostwind keines Blickes und sah nur Mika an. Dann lächelte sie. »Das hast du gut gemacht… für den Anfang.«

In diesem Moment wich auch die letzte Anspannung von Mika. Unendliche Erleichterung breitete sich in ihr aus.

»Das war er!«, rief Mika und umarmte Ostwinds Hals. Der Hengst schnaubte leise. Maria Kaltenbach wandte sich schnell Michelle zu.

»Hast du gesehen, Michelle, genau das meine ich. So musst du Weingraf morgen reiten!«, sagte sie.

Michelle traf diese Bemerkung erkennbar bis ins Mark. Aber Maria Kaltenbach sah es nicht. Michelle nickte knapp. Dann wendete sie Weingraf und ritt einsam aus der Halle.

»Das wird ein Spaziergang morgen!«, rief Sam triumphierend. Doch ein strenger Blick von Maria Kaltenbach brachte ihn zum Schweigen.

»Ich denke, vorher habt ihr mir beide einiges zu erklären«, sagte sie streng. Sam und Mika schluckten und tauschten einen besorgten Blick.

»Auch wenn ich glaube, dass unsere Chance sich für morgen mehr als nur verdoppelt hat«, beendete Frau Kaltenbach ihren Satz, der mit Jubelgeschrei ihrer Reitschülerinnen quittiert wurde.

14. Kapitel

Beim Abendessen erzählte Mika ihrer Großmutter ausgelassen von ihrem heimlichen Training bei Herrn Kaan. Auch Sam saß heute mit am Tisch. Er lachte viel und herzlich, besonders als Mika mit Händen und Füßen den eigenwilligen Unterricht seines Großvaters erklärte. Maria Kaltenbach beobachtete Mika hingegen mit einer Mischung aus Staunen und Stolz.

Mika war derart bester Stimmung, dass sie alles um sich herum vergaß. Sie dachte nicht mehr an ihren verpatzten Urlaub mit Fanny, das miese Zeugnis oder ihre wütenden Eltern. Aber sie dachte auch nicht mehr an ihren Lehrer, Herrn Kaan, der auf ihre und Ostwinds Rückkehr vom Gut wartete. Aber Maria Kaltenbach hätte sie wohl auch nicht mehr gehen lassen. Denn es wurde später und später, bald war es Nacht.

Mikas Großmutter hatte den ganzen Abend nicht viel gesagt. Aber es war offensichtlich gewesen, dass sie etwas auf dem Herzen hatte.

Als sich Mika bereits zum Schlafen in ihr Zimmer zurückgezogen hatte, klopfte es noch einmal unerwartet an ihrer Tür. Mikas Großmutter betrat das Zimmer. Sie rang nach den richtigen Worten. »Mika, du hast mich heute sehr überrascht«, sagte sie schließlich. »Du bist offensichtlich eine echte Kaltenbach.«

Damit streckte sie Mika ein Paar edle Stiefel hin. Mika erkannte die Reitstiefel aus der Olympiavitrine! »Ich hatte sie eigentlich für deine Mutter aufgehoben, aber-«, sagte Maria Kaltenbach. Doch sie brachte den Satz nicht zu Ende. Stattdessen machte sie eine unbestimmte Handbewegung, als wollte sie eine unschöne Erinnerung wegwischen.

Mika wusste nicht, was sie sagen sollte. »Danke. Ich… Danke«.

Mikas Großmutter lächelte sanft und deutete auf Mikas abgewetzte rote Turnschuhe. »Tadellose Kleidung ist nämlich auch eine reiterliche Tugend. Aber das lernst du noch.«

Dann strich sie ihrer Enkelin ungelenk übers Haar. Mika stand mit den Stiefeln in der Hand da wie Falschgeld.

»Ich weiß, das geht alles ein bisschen schnell… aber du hast ein ganz außergewöhnliches Talent«, erklärte Mikas Großmutter.

»Das war Ostwind. Ich hab gar nichts gemacht«, erwiderte Mika.

Doch ihre Großmutter wollte von Ostwind nichts hören. »Ja. Sicher«, sagte sie ausweichend. »Morgen ist ein wichtiger Tag, geh bald schlafen, ja?«

Doch Mika ließ nicht locker. Sie fasste sich ein Herz: »Oma?«, fragte sie.

Maria Kaltenbach lächelte. Denn es war das erste Mal, dass Mika sie so nannte. Mika suchte nach Worten. »Das mit deinem Bein, das wollte er nicht«, sagte sie und sah ihre Großmutter bittend an.

Doch Maria Kaltenbach dachte nicht an Aussöhnung. Sie konnte es nicht. Ihre Züge verhärteten sich. »Gute Nacht«, verabschiedete sie sich knapp und schloss hinter sich die Tür.

Mika blieb allein zurück. Seufzend sah sie auf die Reitstiefel in ihren Händen.

Gut Kaltenbach war am nächsten Morgen nicht mehr wiederzuerkennen. Es war der Tag der Kaltenbach Classics. Dutzende Autos mit Pferdeanhängern parkten dicht gedrängt in der Auffahrt. Zahlreiche Reiter und Reiterinnen führten Pferde mit geflochtenen Mähnen über den Hof, Startplaketten wurden befestigt und Reitstiefel poliert. Festlich gekleidete Besucher liefen Richtung Reithalle, um sich gute Plätze zu sichern. Es war unschwer zu erkennen: Die Classics waren *das* sportliche und soziale Ereignis des Sommers in der Region.

Für Sam waren die Classics allerdings vor allem ein ganz normaler Arbeitstag, ein Tag, an dem er mit anfassen musste. Er stand gerade auf dem belebten Innenhof, als sich die Haustür des Gutshauses öffnete. Das rothaarige Mädchen, das heraustrat, hätte er beinahe nicht wiedererkannt. Es trug ein schwarzes Reiterjackett mit dem Wappen des Gestüts und eine weiße Reiterhose. Sams anerkennender Blick wanderte zu ihren Stiefeln.

»Wahnsinn. Ich fass es nicht!«, rief er.

Mika lächelte verlegen. »Meine Turnschuhe waren mir lieber«, erwiderte sie.

Dann sah sie sich mit unsicherem Blick suchend um. Es fehlte jemand. Jemand, den sie gerne dabeigehabt hätte. »Meinst du, er kommt auch?«, fragte sie.

Sam wusste sofort, wen Mika meinte. Er zuckte mit den Schultern. »Mein Großvater hat seit zehn Jahren keinen Fuß mehr ins Gestüt gesetzt, also sei nicht enttäuscht.«

Mika erwiderte nichts. Aber Sam spürte ihre Unsicherheit. Er sah sie ernst an. »Das schafft ihr. Auch ohne ihn«, sagte Sam.

In diesem Moment tauchte Michelle auf. Grußlos ging sie an den beiden vorbei Richtung Stall und musterte Mika abschätzig von Kopf bis Fuß. Als sie jedoch die Stiefel an Mikas Füßen entdeckte, weiteten sich ihre Augen. Geschockt blieb sie stehen. Sie machte den Mund auf, als wollte sie etwas sagen, doch sie brachte keinen Ton heraus. Sam und Mika sahen sie fragend an.

Doch bevor einer von beiden etwas sagen konnte, fuhr ein Jeep vor, dessen Ankunft alle aufblicken ließ. Er trug das Wappen des Landes auf der Tür und darüber stand »Landestrainer Springsport«. Friedrich Fink war eingetroffen.

Gleich darauf lief Maria Kaltenbach schnellen Schritts auf Michelle, Mika und Sam zu. Michelle hatte sich wieder gefasst und lächelte ihr entgegen, doch Maria Kaltenbach hatte nur Augen für Mika. Wohlwollend nickte sie über ihr Outfit. Dann legte sie den Arm um sie und führte sie fort: »Komm, ich möchte dich jemandem vorstellen!«, sagte sie.

Da fuhr ein weiteres Auto auf den Hof. Es war ein unheimlicher schwarzer Pferdetransporter. Er gehörte dem Ungarn. Als Sam den Transporter sah, konnte er sich ein Grinsen nicht verkneifen: »Und jemand anders ist umsonst gekommen, fürchte ich«, rief er befriedigt.

Dabei achtete er nicht mehr auf Michelle. Ansonsten hätte er gesehen, wie sie Mika und Maria Kaltenbach fassungslos nachstarrte. Als sie sich wieder umdrehte, wischte sie sich ihre Tränen aus den Augen. Es waren Tränen der Wut. Michelles Blick fiel auf

Tinka, die fröhlich an ihr vorbeigeradelt kam. Der riesige Putzkasten im Korb hinter ihr brachte sie bedrohlich zum Schwanken. Tinkas gute Laune verursachte bei Michelle einen kaum zu bändigenden Zorn. Doch dann erhellte ein verbissenes Lächeln plötzlich ihr gerötetes Gesicht.

»Tinka? Willst du mit mir den Parcours abgehen?«, rief sie.

Tinka sperrte gerade ihr Fahrrad ab. »Ich?«, fragte sie ungläubig. »Echt jetzt?«

»Ich brauch ein paar Tipps«, sagte Michelle besonders nett.

Tinka war sprachlos. Sie hob den schweren Putzkasten vom Rad. Michelle sprang ihr bei, um zu helfen. »Ach und übrigens: ich glaube, du hattest recht wegen Weingrafs Bein. Hast du noch was von dieser Salbe?«, fragte Michelle betont beiläufig.

Tinka fasste sich wieder. »Ja, klar! Warte, ich geb sie dir gleich«, rief sie und öffnete eilfertig ihren Koffer.

»Nur nicht zu viel, sonst…«, sagte Tinka und reichte Michelle die Tube.

»Ja, ja, ich weiß«, erwiderte Michelle schnell und steckte sie ein. Dann legte sie freundschaftlich einen Arm um Tinka.

»Und jetzt komm. Du kannst mir nachher auch satteln helfen«, sagte sie. Tinka konnte ihr Glück nicht fassen. Michelle wollte Tipps! Sie wollte Rat und Hilfe! Von ihr! Tinka strahlte, als wäre Weihnachten und sie der Baum.

Als Mika zu Ostwind in die Box trat, sah der Hengst sie fragend an. Er wieherte leise – fast hätte man meinen können, er lachte.

»Ich weiß, ich seh komisch aus …«, sagte Mika verlegen.

Sie nahm einen edlen schwarzen Ledersattel mit einer weißen Satteldecke, der über der Klapptür der Box lag, und hob ihn sachte auf Ostwinds Rücken. »Du aber auch«, kicherte sie.

Sie zog den Gurt fest und trat einen Schritt zurück. Kopfschüttelnd betrachtete sie ihr Werk. Dann lehnte sie sich an Ostwind und schloss erschöpft die Augen.

»Oh Mann. Was machen wir hier eigentlich?«, seufzte sie.

»Das weiß ich auch nicht«, hörte sie plötzlich Michelle hinter sich. Ihre Stimme klang kalt. Mika öffnete erschrocken die Augen. Aber Michelle lächelte freundlich. In der Hand hielt sie Fesselbandagen.

»Ich wollte euch nicht lange stören, aber die hier braucht er, damit er sich beim Springen nicht verletzt«, erklärte sie hilfsbereit. Ostwind schnaubte.

Mika griff baff nach den Bandagen. So viel Freundlichkeit hatte sie von Michelle gar nicht erwartet!

»Danke! Das wusste ich nicht«, sagte sie.

Michelle winkte kameradschaftlich ab. »Hey, macht ja nichts. Hab ich gern gemacht. Und weißt du, am Ende wollen wir ja beide nur das Beste für Kaltenbach.«

»Ich bin echt froh, dass du das so siehst«, sagte Mika erleichtert und sah zu Ostwind, der nervös auf der Stelle tänzelte.

Michelle lachte fröhlich und reichte Mika die Hand. »Na dann: Hals- und Beinbruch. Und vergiss die Gamaschen nicht«, verabschiedete sie sich.

Mika sah Michelle überrascht nach, dann bückte sie sich, um Ostwind die Fesselschoner anzulegen.

»Dann wollen wir mal.«

15. Kapitel

In der Reithalle war der Wettbewerb bereits in vollem Gange. Das zahlreiche Publikum füllte die Tribüne bis auf den letzten Platz. Unten mühte sich ein rotköpfiger Reiter durch den Parcours. Mit größter Not und ohne jede Eleganz nahm er das letzte Hindernis. Vereinzelt erscholl Applaus.

»Das war Felix Rügen für den Hollerbecker Hof auf Cornflakes. Insgesamt hat er acht Strafpunkte mit einer Zeit von 97,32«, verkündete eine Stimme über Lautsprecher.

Der Reiter verließ den Parcours und grüßte in die Richtung der Jurybox, wo Landestrainer Friedrich Fink und sein Team sich aufmerksam Notizen machten. Maria Kaltenbach saß direkt neben ihm und ließ ihren Blick über die Tribüne schweifen. Da entdeckte sie ganz hinten, weit von den anderen entfernt, ein Gesicht, das sie seit Jahren nicht gesehen hatte. Es war Sams Großvater, Herr Kaan, der nun seinerseits Maria Kaltenbach ansah. Für einen langen Moment sahen sie sich direkt in die Augen. Dann erschien ein kleines Lächeln auf Maria Kaltenbachs Gesicht. Sie nickte. Es war eine kaum sichtbare Geste voller Respekt. Herr Kaan erwiderte ihren Gruß.

Dann richteten sich aller Augen auf den Reitplatz.

»Und jetzt, vom Gestüt Kaltenbach mit der Startnummer 23, Michelle von Ridder auf Weingraf«, kündigte die Lautsprecherstimme an.

Im nächsten Moment ritt auch schon Michelle elegant in die Arena ein. Sie grüßte zackig. Das Publikum applaudierte. Der Landestrainer und Maria Kaltenbach nickten ihr von der Tribüne aus wohlwollend zu.

Michelle wendete Weingraf und drückte ihm die Sporen in die Flanken. Weingraf galoppierte an. Er wirkte schwerfällig. Doch das erste Hindernis nahm er problemlos, auch das zweite. Michelle ließ nicht locker. Immer wieder zog sie Weingraf den Kopf auf die Brust, bis ihm weißer Schaum aus dem Mund tropfte.

Währenddessen ritt Mika auf Ostwind vom Abreitplatz zur Halle. Ostwind tänzelte nervös hin und her.

»Ruhig. Hey. Ganz ruhig«, versuchte Mika ihn zu beruhigen. Doch auch sie fühlte sich unsicher und zunehmend besorgt.

In der Halle galoppierte Michelle nun den schnaubenden Weingraf an das letzte Hindernis heran: den Doppeloxer. Das Publikum hielt den Atem an, als sie absprang. Weingrafs Hufe krachten gegen Holz, die Stange wackelte – doch sie blieb liegen. Michelle stieß einen undamenhaften Jubelschrei aus.

»Das war Michelle Ridder, mit einer Zeit von 94,3 bei null Fehlern, und damit rückt sie auf den ersten Platz«, meldete der Lautsprecher.

Es erscholl herzlicher Applaus. Michelle ritt aus. Friedrich Fink nickte Maria Kaltenbach anerkennend zu.

»Und nun, als letzter Start, mit der Nummer 24, ebenfalls vom Gestüt Kaltenbach: Ostwind, vorgestellt von Mika Schwarz«, verkündete die Lautsprecherstimme.

Der Landestrainer sah Maria Kaltenbach an. »Ostwind?«, fragte er erstaunt.

»Und meine Enkelin«, verkündete Maria Kaltenbach stolz.

Am Eingang des Parcours wartete Mika ungeduldig auf den Startgong, während Sam ihr die Steigbügel festzog. Er sah, dass Mika sehr angespannt aussah.

»Alles okay?«, fragte Sam.

»Nein.« Mika schüttelte den Kopf. »Er hat irgendwas.«

Besorgt tastete Sam Ostwind ab, die Flanken, die Beine, schließlich streifte er seine bandagierten Fesseln. Da riss Ostwind den Kopf hoch und tänzelte zurück. Mika hatte Mühe, sich im Sattel zu halten. Ausgerechnet in diesem Moment ertönte die Glocke.

Mika ritt zum Startpunkt. Ihr Blick glitt über die Tribüne. Sie schluckte, als sie die erwartungsvollen Gesichter der Zuschauer bemerkte. Friedrich Fink, Maria Kaltenbach, Tinka und die Pferdemädchen, das Publikum – alle verschwammen ihr augenblicklich vor den Augen. Doch dann blieb ihr Blick am äußersten Ende der Tribüne an einem vertrauten Gesicht hängen: Herr Kaan. Ihre Blicke trafen sich. Herr Kaan nickte Mika zu. Sie nickte zurück und bekam neuen Mut. Jetzt wird doch noch alles gut, dachte sie erleichtert.

Von Weitem sah sie, wie Sam den Daumen demonstrativ für sie in die Höhe hob. Doch als Sam die Hand vor sein Gesicht hielt, streifte ein merkwürdiger Geruch seine Nase. Er hob seine Hände an die Nase und schnupperte. »Das riecht nach…«, murmelte er nachdenklich. Dann weiteten sich seine Augen.

Da ertönte die zweite Glocke. Mika galoppierte an. Sie ritt auf das erste Hindernis zu und übersprang es mühelos.

Von der Tribüne erscholl ein anerkennendes »Ahh« aus vielen Kehlen. Die perfekte Harmonie zwischen Pferd und Reiterin war für niemanden zu übersehen. Friedrich Fink war sichtlich beeindruckt, Maria Kaltenbach strahlte vor Stolz. Nur Herr Kaan verfolgte Mikas Ritt mit wachsendem Unbehagen. Denn er erkannte sofort, dass etwas nicht stimmte. Zwar übersprang Ostwind auch noch das nächste Hindernis, doch er wurde sichtlich nervöser.

Auch Mika spürte das. Vorsichtig beugte sie sich während des Ritts hinab zu seinem linken Ohr. »Was hast du? Was ist denn?«, fragte sie besorgt.

Ostwind wieherte verzweifelt, als wolle er ihr antworten. Aus den Augenwinkeln sah Mika, wie Sam ihr mit großen Gesten irgendein Zeichen geben wollte. Doch schon tauchte das nächste Hindernis vor ihr auf. Ostwind galoppierte an, er sprang kraftvoll ab. Doch diesmal berührte er die Hürde. Seine Fesseln krachten schmerzhaft gegen die Stange. Noch im Sprung bäumte er sich auf und begrub mit einem Schritt nach vorn das Hindernis unter sich. Mika griff verzweifelt in Ostwinds Mähne, doch sie konnte sich nicht halten. Das Publikum schrie entsetzt auf. Mika fiel. Kaum am Boden rappelte sie sich auf. Aber über ihr bäumte sich das Pferd verzweifelt auf und schlug immer wieder mit den Hinterbeinen aus.

»Ostwind!«, rief Mika verzweifelt.

Doch er hörte sie nicht. Wild buckelnd galoppierte er durch die Halle. Er war jenseits aller Kontrolle. Da sah Mika Sam. Er jagte Ostwind hinterher und versuchte ihn am Zügel zu fassen. Mika rannte los.

»Sam! Nicht!«, rief Mika. Ihr Schrei gellte durch die Halle.

Sam drehte sich zu ihr um. Ostwind bäumte sich auf. Das Publikum schrie laut auf. Aber das Unglück war nicht mehr aufzuhalten. Ostwinds Huf traf Sam am Kopf.

Mit einem überraschten Gesichtsausdruck ging er zu Boden und blieb regungslos liegen. Kein Laut war mehr von der Tribüne zu hören. Ostwind kam unvermittelt zum Stehen.

Mika fiel neben Sam auf die Knie. »Nein. Nein. Nein«, flüsterte sie verzweifelt. Ein endloser Strom von Tränen rann ihr über das Gesicht. Ihr Herz schien zu bersten. Etwas Schrecklicheres hatte sie noch nie erlebt.

16. Kapitel

Es war nicht einfach gewesen, Mika in einen Krankenwagen zu bugsieren. Dort saß sie nun abseits des Trubels völlig benommen und schaute ins Leere. Eine Sanitäterin klebte ihr gerade ein Pflaster auf die Stirn, als Maria Kaltenbach mit besorgter Miene in der offenen Tür auftauchte.

»Wie geht es ihr?«, fragte sie.

»Gut. Sie hatte mehr Glück als der junge Mann. Ist nur ein Kratzer«, sagte die Sanitäterin.

Mika horchte auf. »Was ist mit Sam?«, wollte sie wissen.

»Wir tun, was wir können«, sagte die Sanitäterin in einem professionellen Tonfall, sodass dies alles bedeuten konnte.

In diesem Moment wurde Sam auf einer Liege vorbeigetragen. Er war noch immer bewusstlos. Zwei Sanitäter schoben ihn in einen wartenden Krankenwagen. Mika starrte ihnen hinterher. Mit quietschenden Reifen und Blaulicht fuhren sie davon.

Das war ein Traum, oder? Bitte lass es nur ein

Traum sein, flehte Mika innerlich. Ihre Großmutter war ebenfalls sichtlich angegriffen. »Ich hätte das nie zulassen dürfen. Dieses Pferd ist eine Gefahr«, sagte Maria Kaltenbach bitter.

Mika erwachte aus ihrer Starre. Nein, Ostwind war unschuldig! »Er hatte irgendwas… er…«, begann Mika stammelnd. Unglücklich brach sie ab. »Ich kann's nicht erklären.«

Aber Maria Kaltenbach wollte auch keine Erklärung hören. Es verursachte ihr nahezu körperliche Schmerzen, dass ihre Enkelin Ostwind immer wieder in Schutz nahm. Maria Kaltenbach sah Mika kalt an. »Erst hat er mich zum Krüppel gemacht und jetzt das. Der Ungar nimmt ihn heute noch mit.«

Mika stand auf und wich entsetzt ein paar Schritte zurück. »Nein! Bitte. Bitte…«, flüsterte sie heiser.

Aber ihre Großmutter ging wortlos davon. In Gedanken war sie bei Sam.

Mika blickte ihr verzweifelt nach. Ihr war klar, dass sie nichts mehr für Ostwind tun konnte. Ihre Großmutter hatte ihren Entschluss gefasst. Wenn noch Hilfe für Ostwind zu erwarten war, dann nur von einem! Herrn Kaan! Mika schlüpfte aus dem Krankenwagen und lief so schnell sie konnte los, um ihn zu suchen.

Sie fand ihn in der Halle. Doch Herr Kaan war nicht ansprechbar. Reglos kniete er auf dem leeren

Parcours. An der Stelle, wo Sam gelegen hatte, war der Sand rot verfärbt.

In ihrer Verzweiflung versuchte Mika, Herrn Kaan hochzuziehen, doch er rührte sich nicht. »Schnell, Sie müssen mir helfen. Sie will Ostwind dem Ungarn geben, er ist schon hier! Sie müssen mit ihr reden. Es war nicht seine Schuld, dass wissen Sie doch!«, rief sie angsterfüllt.

Herr Kaan hob nur langsam den Kopf und sah Mika aus leeren Augen an. »Wenn Sam stirbt, dann ist das meine Schuld«, sagte er apathisch. Dann sank er wieder in sich zusammen wie ein leeres Schlauchboot.

»Nein!«, rief Mika. Am liebsten hätte sie sich einfach nur fallen gelassen. All ihre Kraft schien sie zu verlassen. Doch Mika musste eine Entscheidung treffen! Wenn sie jetzt nichts tat, war Ostwind verloren. Ein tiefer Stich ging ihr durchs Herz, als sie Herrn Kaan alleine ließ. Aber es musste sein. So schnell wie möglich rannte sie aus der Halle.

Auf dem Hof standen Menschen in kleinen Gruppen beisammen und unterhielten sich aufgeregt. Auch Michelle stand dabei, direkt neben dem Landestrainer.

»Ich habe ihr gesagt, das Pferd ist schwierig. Ich hätte es niemals verkaufen dürfen«, sagte Friedrich Fink.

»Frau Kaltenbachs Urteilsvermögen ist nicht mehr das, was es mal war. Sie ist ja auch schon über sechzig«, mischte sich Michelle ins Gespräch. Sie wollte dem Trainer schmeicheln, das war deutlich.

Aufmerksam sah Friedrich Fink Michelle an. »Ich bin siebenundsechzig«, erwiderte er trocken.

Michelles Lächeln gefror.

In dem Moment krachte etwas Metallenes laut auf den Steinboden. Alle sahen erschrocken auf. Die Ladeklappe des schwarzen Pferdetransporters war heruntergelassen worden. Die Fahrertür öffnete sich und grobe schwarze Arbeitsstiefel tauchten darunter auf. Der Ungar. Selbst Friedrich Fink wandte sich schaudernd ab, als der Mann ohne Wort und ohne Gruß hinüber zum Stall ging.

Die Stallgasse war menschenleer. Die Pferde in ihren Boxen wieherten beunruhigt, als der Schatten des Ungarn sie passierte. Vor Ostwinds Box machte er Halt. Er fasste das Betäubungsgewehr fester und öffnete die Tür zur Box … doch sie war leer. Bis auf ein Paar edle braune Reitstiefel, die einsam im Stroh lagen.

17. Kapitel

An der Tür des Gutshauses klingelte es Sturm. Eine bleiche Maria Kaltenbach öffnete die Tür – und schaute in das nicht minder bleiche Gesicht ihrer Tochter Elisabeth, Mikas Mutter. Die beiden hatten sich seit Jahren nicht gesehen. Aber an eine Umarmung dachte keine von beiden.

»Wo ist meine Tochter?«, presste Mikas Mutter hervor. Ihre Stimme zitterte vor Wut.

»Die Polizei ist benachrichtigt. Wir suchen sie. Weit kann sie nicht sein. Sie hat schließlich ein Pferd dabei«, versuchte Maria Kaltenbach ihre Tochter zu beruhigen. Aber das war ihr gründlich misslungen.

»Ein Pferd! Natürlich! Was hab ich mir nur dabei gedacht, sie zu dir zu bringen?!«, rief Mikas Mutter aufgebracht und sah ihre Mutter herausfordernd an. Doch Mikas Großmutter wirkte ungewöhnlich alt und müde. Sie wollte keine Grundsatzdiskussionen, keinen Kampf. »Komm doch erst mal rein. Mika wird sicher bald auftauchen. Sie kann ja schlecht auf die Autobahn«, sagte sie und öffnete weit die Tür.

Mika hielt ihr Handy fest ans Ohr gepresst. Sie ritt auf Ostwind auf dem Standstreifen einer Schnellstraße. Autos brausten an ihr vorbei. Sie passierte eine Raststätte. Eine Oma, die gerade ihren Proviant auf ein Tischchen sortierte, staunte sie erschrocken an. Doch Mika versuchte, sie und den Verkehr zu ignorieren.

»Fanny, hörst du mich?«, rief sie gegen den Lärm in ihr Handy.

Fanny stand gerade in bunten Shorts am Meer und patschte durchs Wasser. »Klar hör ich dich …«, reagierte die Freundin beleidigt. »Und zwar das erste Mal seit drei Wochen, du treulose Orange.«

»Tomate!«, unterbrach Mika sie ungeduldig. »Ich brauche jetzt deine Hilfe«, schrie sie ins Telefon. »Sag mir einfach nur, wie ich zu dir komme. Ich erklär's dir später.«

Wie bitte? Mika war auf dem Weg zur Nordsee? Diese Ankündigung schien Fanny sofort zu versöhnen. »Echt, du kommst noch? Hast du deine Mum bequatschen können? Cool!«

»Fanny!«, rief Mika entnervt.

»Okay, okay. Wo seid ihr denn jetzt?«, besann sich Fanny endlich auf Mikas Bitte.

Mika sah sich um und entdeckte ein großes Schild. »Auf der Autobahn. Irgendwo vor Bremen«, gab sie an Fanny durch.

Fanny tippte bereits in ihrem Handy herum. »Dann müsst ihr... ab da Richtung Bremerhaven fahren und dann nach Schillig. Direkt am Meer. Ich schick dir 'nen Link.«

»Danke«, schrie Mika ins Handy, denn ein LKW brauste dicht an ihr vorbei.

»Super, dann bis nachher. Hallo? Hallo? Mika?«, rief Fanny. Aber da hatte Mika schon aufgelegt.

Auf Gut Kaltenbach warteten zwei Frauen schweigend auf eine Nachricht. Maria Kaltenbach saß in einem Sessel neben dem Kamin, vor ihr das Telefon, das nicht klingeln wollte. Ihre Tochter Elisabeth stand am Fenster und schaute unverwandt hinaus. Regen prasselte auf den Hof. Die unerträgliche Spannung zwischen den Frauen war beinahe greifbar.

Irgendwann hielt Mikas Mutter das Schweigen nicht länger aus.

»Viel hat sich ja nicht verändert«, bemerkte sie möglichst unverbindlich.

»Mika hat es hier gefallen«, sagte Maria Kaltenbach.

»Ja, sicher. Deshalb ist sie wohl auch abgehauen«, erwiderte Elisabeth sarkastisch.

Maria Kaltenbach zuckte gekränkt zusammen. Aber sie brannte darauf, mit ihrer Tochter über Mika zu sprechen.

»Sie ist ein Naturtalent. Es könnte eine echte Ausnahmereiterin aus ihr…«, begann sie in dringlichem Ton. Aber Mikas Mutter wollte davon nichts hören. Sie drehte sich um und sah ihre Mutter mit kalter Wut an: »Du hast dich kein bisschen verändert. Du siehst Menschen immer noch in nur zwei Kategorien: Reiter – und alle anderen. Die dich nicht interessieren.« Mikas Mutter machte eine kurze Pause und fügte dann bitter hinzu: »Das war schon immer so. Aber ich lasse nicht zu, dass du meine Tochter verbiegst.«

Maria Kaltenbach sah ihre Tochter erstaunt an. »Verbiegen? Deine Tochter würde all diese Wälzer über Quantenphysik sicher gerne eintauschen gegen ein Paar Reitstiefel«, rief sie. Doch dann wandte sie ihren Blick ab und sah nachdenklich ins Feuer. »Mag sein, dass ich damals Fehler gemacht habe, aber Mika hat lieber im Stall als in ihrem Bett übernachtet«, fügte sie schließlich hinzu.

Mikas Mutter stiegen mit einem Mal die Tränen in die Augen.

»Aber doch nur weil sie wollte, dass du sie siehst!!«, rief sie unerwartet heftig.

Für einen Moment war es sehr still im Kaminzimmer. Langsam stand Maria Kaltenbach auf und hinkte auf ihre Tochter zu. »Elli«, sagte sie hilflos. Doch Mikas Mutter schüttelte nur abwehrend den Kopf.

»Wir sollten etwas essen. Komm«, sagte Maria Kaltenbach schließlich und verließ schleppend das Zimmer. Mikas Mutter blieb alleine zurück.

Als Maria Kaltenbach spät ins Zimmer zurückkehrte, lag ihre Tochter in ihrem Lehnstuhl neben dem Telefon in einem unruhigen Schlaf. Maria Kaltenbach legte einen Scheit auf die glimmende Glut im Kamin. Dann nahm sie eine Decke von einem Stuhl und deckte ihre Tochter behutsam zu.

Es regnete wie aus Kübeln. Mika hatte die Schnellstraße verlassen und führte Ostwind am Zügel über eine matschige Schotterstraße. Ihr wurde immer mehr klar, dass sie ihr Ziel nicht so bald erreichen würden. Auch wollte sie Ostwinds Gesundheit nicht länger aufs Spiel setzen. Der Hengst brauchte Ruhe. Mika führte Ostwind zu einer Tankstelle. Dort kaufte sie von ihrem letzten Geld alle Mineralwasserflaschen, die sie sich leisten konnte. Dann schüttete sie das Wasser in eine Schüssel und gab Ostwind zu trinken.

Nachdem Ostwind seinen Durst gelöscht hatte, suchte Mika für ihn einen ruhigen Platz auf einer Wiese. Ostwind war am Ende seiner Kräfte. Erschöpft legte er sich auf den Boden. Mika kuschelte sich an seinen Bauch und schlief sofort ein.

Nach einem kurzen, traumlosen Schlaf öffnete sie

verwirrt die Augen. Ostwind war bereits wach. Er erhob sich. Mika tat es ihm nach.

Ihre Reise ging weiter über endlos lange Straßen. Als Mika zwei Wanderern begegnete, die ihr mit unverhohlener Neugier nachsahen, lenkte sie Ostwind in einen Waldweg. Die Straße wollte sie künftig meiden. Sicherlich hatte ihre Großmutter längst die Polizei informiert. Sie mussten unbedingt zu Fanny! Erst dann konnten sie sich wirklich ausruhen!

Mikas Magen knurrte. Ihr Hintern tat weh. Aber irgendwann waren Hunger und Schmerz verschwunden. Mika fühlte sich wie in Trance. Sie merkte kaum, wie sich die Landschaft um sie herum immer mehr veränderte. Bald wurde die Gegend einsamer, und wogende Felder säumten ihren Weg, soweit das Auge reichte. Ein Blick auf ihr Handy verriet Mika, dass es nicht mehr weit sein konnte. Doch mit einem Mal verließ sie alle Kraft. Sie schloss die Augen und legte sich auf Ostwinds Hals. Sie ließ sich einfach tragen. Denn sie wusste, sie würden ankommen.

Mika erwachte erst, als Ostwind leise wieherte. Er hob den Kopf und schnupperte in die Luft. Mika richtete sich auf. Das weite Meer lag direkt vor ihnen.

»Ich glaube, wir sind da ...«, rief Mika.

Alle Anstrengungen waren angesichts der sonnenglitzernden Wellen vergessen. Ostwind wieherte. Nun gab es nur noch eins: zum Strand! Langsam suchten sie sich ihren Weg durch die Dünen hinab zur Brandung. Dann tauchten sie ein in den salzigen Wind, in das zeitlose Rauschen des Meeres. Begleitet vom Kreischen der Möwen preschten sie los. Unter Ostwinds Hufen spritzte der Sand. In wildem Galopp ging es ihrem Ziel entgegen.

Kurz vor dem Feriencamp rief Mika Fanny an. Diese stand bereits am Strand, doch so sehr sie sich auch drehte und schaute, sie konnte Mika nicht entdecken.

»Nö. Ich seh dich immer noch nicht«, sagte sie ins Telefon. »Da ist nur so eine Tussi auf einem Gaul.«

»Tussi?« Mika klang empört. Aber sie lachte. Das Wasser der Brandung spritzte unter Ostwinds Hufen. Im Galopp kamen sie immer näher. Aber Fanny drehte sich erst zu ihr um, als Mika mit Ostwind direkt vor ihr zum Stehen kam. Fanny entfuhr ein erschrockenes Quieken, als sie Mika auf dem großen Pferd entdeckte.

Mika glitt von Ostwinds Rücken und umarmte Fanny, die sich langsam von ihrem Schock erholte.

»Ich hab mich schon gefragt, warum du so lange brauchst. Bist du den ganzen Weg hierher geritten? Und was ist das für ein Pferd? Und überhaupt: Pferd?«, plapperte Fanny schließlich drauflos.

Mika brannte darauf, Fanny sofort alle Einzelheiten der letzten Wochen zu berichten. Doch genauso dringlich war ihr Bedürfnis nach einer Mahlzeit. Deshalb führte Fanny sie und Ostwind direkt ins Camp, wo sie sofort von kleineren Campkindern umringt wurden. Mit Heißhunger stürzte sich Mika sogleich auf einen Schokopudding, den ihr Fanny reichte. Während sie futterte, erzählte sie alles, was geschehen war, vom Anfang bis zum Ende. Ostwind stand die ganze Zeit über friedlich einige Meter entfernt unter einer Kiefer.

»… und dann bin ich eben abgehauen«, erklärte Mika abschließend.

Fanny und die zuhörenden Kinder hatten Mikas Bericht mit offenen Mündern verfolgt.

»Und die wollten wirklich Salami aus ihm machen?«, fragte Fanny ungläubig.

Mika nickte müde. »Ungarische Salami«

»Und jetzt? Was machen wir jetzt?«, wollte Fanny wissen.

Mika streckte sich neben dem Feuer aus. »Das entscheiden … wir … morgen.« Sie schloss die Augen. »Ich muss nur Ostwind noch füttern … bevor ich … einschl…« Und schon im nächsten Moment war Mika fest eingeschlafen. Aber das war okay. Sie musste sich keine Sorgen mehr machen. Alles war gut.

Fanny nahm ein Strandtuch und deckte Mika

Auf dem Rücken von Ostwind kann Mika alles um sich herum vergessen.

Mika und Ostwind »fliegen«!

Stolz überreicht Frau Kaltenbach ihrer Enkelin Mika ihre Reitstiefel fürs große Springturnier.

Michelle will unbedingt gewinnen und spannt dafür die unwissende Reitschülerin Tinka ein.

Sam bereitet alles für den Parcours vor.

Fast am Ziel: Mika und Ostwind beim großen Turnier

Was ist passiert? Sam liegt verletzt am Boden.

Gerade noch einmal gutgegangen: Mika ist beim Turnier mit ein paar Kratzern davongekommen.

Mika und Ostwind: Zusammen sind wir frei!

Mikas Eltern (Jürgen Vogel und Nina Kronjäger), ihre Großmutter und Herr Kaan drücken Mika und Ostwind die Daumen beim Reitturnier.

Hinter den Kulissen: Am Set von OSTWIND

Regisseurin Katja von Garnier

Ein tierischer Hauptdarsteller: Ostwind in Aktion

Ostwind mit der Pferdetrainerin Kenzie Dysli

Regisseurin Katja von Garnier und Hauptdarstellerin Hanna Binke am Set von OSTWIND

Hanna Binke auf Ostwind mit Pferdetrainerin Kenzie Dysli

Hanna Binke und Ostwind

zu. »Das machen wir schon«, versicherte sie. Dann wandte sie sich an die Kinder und rief: »Ihr habt's gehört. Das Pferd hat Hunger. Alle Vorräte an Deck!«

Sofort wuselten alle los, um ihre Leckereien herbeizuschaffen. Dann reihten sie sich in einer Warteschlange vor Ostwind auf. Ein kleiner Junge trat vor und reichte Ostwind ehrfürchtig eine Butterbrezel. Ostwind kaute genüsslich.

»Nächster!«, kommandierte Fanny.

Ostwind bekam von einem Mädchen kreischgrüne saure Apfelringe hingehalten. Er machte einen Schritt auf sie zu. Das Mädchen erschrak und ließ die Tüte fallen. Ostwind futterte die Süßigkeit vom Boden auf.

»Nächster!«, rief Fanny.

18. Kapitel

Mika schlief tief, aber unruhig. Kaum war die Sonne aufgegangen, schreckte sie hoch. Das Erste, was sie sah, war Fannys besorgtes Gesicht.

»Morgen«, sagte Fanny.

Mika setzte sich schnell auf. Sie sah um sich. In ihrem Kopf war nur eine Frage: »Ostwind?«

Fanny deutete auf eines der Großzelte, das sich verdächtig ausbeulte. Mika atmete erleichtert auf.

»Wir mussten ihn verstecken. Ein paar Betreuer sind misstrauisch geworden«, erklärte Fanny.

»Ich dachte schon … ich hab geträumt … ich dachte, es wär was mit ihm«, sagte Mika.

»Naja. Wo du es sagst …«, entgegnete Fanny kleinlaut. »Ich weiß ja nichts über Pferde, aber ist das normal, dass die so dick in der Mitte werden und grünen Schaum spucken?«

»Was?« Mika war sofort auf den Beinen und rannte in das große Zelt, in dessen Mitte Ostwind stand. Ein kleines Mädchen war bei ihm und streichelte ihn hilflos. Schaum tropfte aus seinem Maul. Mika stürzte zu ihrem Pferd. Ostwind sah sie aus trüben Augen an. Das kleine Mädchen wich zurück.

»Was hast du? Was ist denn?«, fragte Mika Ostwind.

Der Hengst schnaubte schmerzerfüllt. Sein Bauch war kugelrund und gluckerte vernehmlich. Mika stiegen die Tränen in die Augen.

»Was mach ich denn jetzt? Was mach ich denn jetzt?«, murmelte sie entsetzt vor sich hin. Sie zog ihr Handy aus der Tasche und scrollte mit zitternden Fingern durch die Liste. Es gab nur einen Menschen, den Mika jetzt anrufen konnte. Aber es meldete sich nur der Anrufbeantworter: *»Hi, hier ist Sam. Ich bin ziemlich sicher gerade im Stall. Also, hinterlasst mir einfach 'ne Nachricht.«*

Die Ansage war kaum zu Ende, als Ostwind sich nicht mehr auf den Beinen halten konnte. Er knickte ein. Mika ließ ihr Handy fallen und versuchte erfolglos, das zentnerschwere Pferd mit ihrer Kraft auf den Beinen zu halten. Dann sank sie mit ihm zu Boden. Tränen liefen über ihr Gesicht.

»Nicht aufgeben. Bitte gib nicht auf!!«, flehte sie.

Fanny stand hilflos daneben. Sie hatte sich noch niemals so furchtbar gefühlt. Vorsichtig hob sie Mikas Handy auf.

Das Telefon im Kaminzimmer klingelte. Maria und Elisabeth fuhren fast gleichzeitig hoch. Mikas Großmutter nahm ab.

»Kaltenbach?«, meldete sie sich schnell. Doch dann schlich sich Enttäuschung auf ihr Gesicht.

»Nein. Sie ist noch nicht aufgetaucht. Natürlich. Danke«, sagte sie und legte auf. Sie sah ihre Tochter an und schüttelte traurig den Kopf. Elisabeth sackte sichtlich zusammen. Da klingelte ihr eigenes Handy. Doch sie war mit ihren Gedanken vollkommen woanders. Abwesend nahm sie ab. »Ja?«

Im nächsten Moment richtete sie sich hellwach auf. »Was? Wo?«, rief sie.

Ein Auto raste über die staubige Zufahrtstraße und bremste mit quietschenden Reifen. Elisabeth und Dr. Anders sprangen aus dem Auto. Fanny stand vor dem Tor des Jugendcamps und hatte sie bereits erwartet.

»Wo ist sie?«, rief Mikas Mutter.

»In unserem Zelt. Ich wusste einfach nicht, was ich tun soll. Es geht ihr gar nicht gut. Sie ist auch krank, glaub ich«, erklärte Fanny unglücklich.

Mikas Mutter rannte sofort los, Fanny und Dr. Anders folgten ihr.

Der Anblick, der sich Mikas Mutter bot, als sie die Zeltplane zur Seite schlug, brach ihr fast das Herz. Auf dem Boden kauerte ein großes Pferd, das offensichtlich sehr krank war. Neben ihm lag Mika. Sie hatte die Augen geschlossen, war leichenblass und zitterte. Elisabeth kniete sich zu ihrer Tochter und zog sie in ihre Arme. »Mein Schatz, was machst du nur für Sachen? Ich habe mir solche Sorgen gemacht«, sagte sie zärtlich.

Mika öffnete die Augen. Sie glänzten fiebrig. »Mama. Er will nicht mehr aufstehen. Du musst ihm helfen«, flüsterte sie schwach.

Elisabeth wiegte Mika beruhigend hin und her. Sie sah fragend zu Dr. Anders, der bereits neben Ostwind kniete. Nach einer kurzen Untersuchung gab er Entwarnung. »Er hat eine Kolik. Ich spritz ihm einen Krampflöser«, erklärte er.

Elisabeth streichelte ihr Tochter. »Wir kümmern uns um ihn«, beruhigte sie Mika.

Nun sackte Mika in den Armen ihrer Mutter vollends zusammen. Sie konnte sich kaum noch wach halten. Ihre Mutter fühlte ihre Stirn.

»Du glühst ja!«, stellte sie fest. Dann hob sie Mika hoch wie ein kleines Kind.

Als sie sie aus dem Zelt tragen wollte, versuchte Ostwind mit einem schmerzerfüllten Wiehern noch einmal auf die Beine zu kommen. Auch Mika versuchte sich mit letzter Kraft aus den Armen ihrer Mutter zu befreien. »Nein! Bitte nicht, ich muss bei ihm bleiben. Ostwind!«, rief sie.

Aber sie war zu schwach. Und auch das Pferd brach wieder zusammen. Schnell trug Elisabeth Mika aus dem Zelt. Sie verfrachtete ihre Tochter auf dem Rücksitz und raste zurück Richtung Kaltenbach, wo Mikas Vater bereits auf sie wartete.

Wenige Stunden später lag Mika in einem sauberen Bett und schlief tief und fest. Ihr Arm hing an einem Tropf. Elisabeth und Phillip warteten ungeduldig auf das Untersuchungsergebnis.

Endlich erschien eine Ärztin. »Körperlich konnten wir nichts finden, es sieht eher aus wie ein schwerer Schock«, erklärte sie. »Wir haben ihr ein leichtes Beruhigungsmittel gegeben.«

Mikas Vater strich seiner Tochter besorgt über die Stirn. Elisabeth atmete tief durch. Sie spürte nun ihre eigene Erschöpfung durch die lange Fahrt. Müde machte sie sich auf, um Kaffee zu holen.

Als sie mit den zwei Kaffeebechern zu Mikas Zimmer zurückkehrte, öffnete sich die Tür eines anderen Krankenzimmers. Ein alter Mann trat heraus. Elisabeth konnte es nicht glauben – es war Herr Kaan. Auf ihrem Gesicht spiegelte sich erst Überraschung, dann Freude.

»Onkel Kaan?«, fragte Elisabeth.

Der alte Mann war ebenso überrascht. Dann lächelte er. »Hallo, Elli.«

Mikas Mutter fühlte sofort die alte Vertrautheit. Ihr Onkel war früher immer für sie da gewesen, er hatte sie immer verstanden. Ohne viele Worte. Nun freute sie sich aus tiefstem Herzen, ihn zu sehen. Und auch Herr Kaan bekam, als er sie anschaute, einen weichen Ausdruck in den Augen. Froh über das Wiedersehen teilten sie sich den Kaffee und die Bank auf dem Krankenhausflur. Herr Kaan wollte wissen, was geschehen war. Und so erzählte Elisabeth in Kürze, was vorgefallen war.

»Das ist doch verrückt. Mika hat sich vorher auch nicht für Pferde interessiert!«, schloss sie ihren Bericht.

»Maria hat die Gabe ihrer Tochter genauso wenig wahrgenommen wie du«, sagte Herr Kaan und schüttelte den Kopf. »Zwei so kluge Frauen, die so wenig sehen.«

Aber Mikas Mutter verstand nicht. »Was denn für eine Begabung?«, wollte sie wissen.

»Sie spürt das Pferd. Sie fühlt wie er. Es gibt nicht viele Menschen, die das können«, erklärte Herr Kaan.

Elisabeth sah ihren Onkel sprachlos an.

»Weißt du noch, als du damals zu mir gekommen bist?«, fragte Herr Kaan.

Elisabeth lächelte bei dieser Erinnerung. »Hmmh. Ich wollte von zu Hause abhauen, irgendwohin, wo keine Pferde sind«, sagte sie.

»Das ist dir ja wohl gelungen«, sagte Herr Kaan amüsiert. Dann stand er auf.

»Ich muss wieder zu meinem Enkel. Er ist aufgewacht«, erklärte er.

Elisabeth sprang auf. Es tat ihr mit einem Mal leid, dass sie nur von Mika gesprochen hatte. »Gott sei Dank«, rief sie erleichtert.

»Harter Schädel. Kommt nach mir«, sagte Herr Kaan. Beide tauschten einen langen, warmen Blick. Dann ging Herr Kaan. Elisabeth blieb nachdenklich zurück.

Währenddessen stand Maria Kaltenbach unbewegt auf der Treppe des Gutshauses. Kein Vogel zwitscherte weit und breit. Wenige Meter vor ihr stand der schwarze Anhänger. In der Morgensonne glänzte er wie ein böses Insekt. Sie hatte einen Schlussstrich ziehen müssen. Und hiermit war es geschehen. Mit einem metallischen Surren schloss sich langsam die Ladefläche. Dann fiel sie krachend ins Schloss.

Im selben Moment zuckte Mika in ihrem Krankenbett zusammen. Sie öffnete die Augen. Verschwommen und unscharf sah sie die weiße Decke ihres Krankenzimmers. Sie blinzelte. Das Bild wurde schärfer. Ein Gesicht kam in ihr Blickfeld. Ihre Mutter lächelte auf sie herab.

»Hallo, Schatz.«

Mika blinzelte noch einmal und sah sich in dem merkwürdigen Raum um, in dem sie sich befand. Sie sah jetzt auch ihren Vater, der zu ihrer Mutter trat.

»Guten Morgen, Mäuschen«, sagte er liebevoll.

Mika setzte sich auf. Jedoch zu schnell, ihr wurde wieder schwindelig.

»Was ist mit Ostwind?«, fragte sie schwach.

Ihre Mutter legte ihr eine Hand auf die Schulter.

»Alles in Ordnung. Alles gut«, sagte sie beschwichtigend.

Mika sank zurück ins Kissen.

»Hier ist übrigens noch jemand, der dir Hallo sagen will«, erklärte Mikas Mutter und trat zur Seite. Hinter ihr tauchte eine Gestalt mit einem weißen Kopfverband auf. Da erhellte ein Lächeln Mikas Gesicht.

»Hallo. Ich hab gehört, mit dir kann man Pferde stehlen …«, sagte Sam und grinste.

Mika war unendlich erleichtert. »Sam!«, rief sie.

Einsam ging Maria Kaltenbach den langen Flur des Gutshauses hinunter. Vor dem Trophäenschrank blieb sie stehen. Sie hatte in ihrem Leben so viel gewonnen – am Ende aber alles verloren. Erst ihre Tochter, dann ihre Fähigkeit, zu reiten. Und nun auch ihre Enkeltochter. Sie wollte gerade die Stiefel wieder in die Vitrine stellen, als Michelle hinter sie trat.

»Frau Kaltenbach?«

Maria drehte sich um.

»Ich wollte ihnen nur sagen, dass es mir sehr leidtut. Mit ihrer Enkelin und dass…«, sagte Michelle und gab sich alle Mühe, mitfühlend zu klingen.

Maria winkte ab. »Schon gut, Michelle. Danke. Ich hätte es wissen müssen«, sagte sie. Sie sah auf die Stiefel in ihrer Hand. Kurz entschlossen gab sie sie Michelle. Sie bemühte sich um ein Lächeln. »Hier. Die gehören dir.«

Auf Michelles Gesicht breitete sich ein Strahlen aus. »Wirklich? Danke!«

Aber Maria Kaltenbach war mit ihren Gedanken schon wieder woanders. Sie nickte abwesend.

»Und… Frau Kaltenbach?«

»Ja?«

Michelle platzte fast vor Stolz. »Der Landestrainer hat angerufen.« Sie machte eine dramatische Pause, bevor sie fortfuhr: »Ich bin im Kader!«

Maria lächelte. Aber ihre Augen waren ohne wirkliche Freude.

Sam saß auf Mikas Bettkante. Mika berührte seinen Kopfverband.

»Das ist alles meine Schuld«, entschuldigte sie sich.

»Ach was. War doch kein Wunder«, sagte Sam tröstend. »So viel Peppagon bei einem so empfindsamen Pferd wie Ostwind, aber woher hättest du das wissen sollen?«

Mika sah Sam an wie ein Auto. »Peppa – was?«

»Na, die Wärmesalbe, die du ihm auf die Fesseln geschmiert hast. War sicher gut gemeint, aber das brennt wie Hölle, deshalb darf man das nur ganz dünn …«, erklärte Sam. Dann bemerkte er Mikas zunehmende Ratlosigkeit.

»Du hast ihm das nicht draufgemacht?«, fragte er schließlich.

Mika schüttelte entschieden den Kopf.

»Aber … seine Gamaschen waren richtig getränkt damit. Den Geruch würde ich überall erkennen. Wer würde …?«

Mika kam ins Grübeln. »Michelle hat mir diese Dinger gegeben«, erklärte sie nachdenklich.

Sie sahen sich an. Langsam, aber hörbar fiel der Groschen. Mika schlug ihre Decke zurück.

»Wir müssen nach Kaltenbach!«, rief sie. Sie schnappte sich ihre Schuhe und wollte an Sam vorbei zur Tür.

Doch ihre Mutter versperrte ihr den Weg. »Oh nein. Du musst nirgendwohin. Das ist nicht mehr unsere Angelegenheit. Wir fahren jetzt nach Hause und vergessen diese ganze … unerfreuliche Episode«, sagte sie.

»Der Ungar bringt ihn um, wenn wir nichts machen!«, schrie Mika.

Auf Elisabeths Gesicht spiegelte sich ein innerer Kampf, während Phillip ratlos neben ihr stand.

Mika holte tief Luft. »Mama! Papa! Bitte. Ich bin vielleicht die Enttäuschung eures Lebens, weil ich keine Ahnung von Quantenzeugs habe und nie haben werde. Aber ich weiß jetzt ganz sicher, was ich kann«, erklärte sie eindringlich.

Mikas Eltern waren sprachlos. Sie schauten ihre Tochter an, dann einander. »Und was?«

Statt Mika antwortete Sam: »Fliegen!«

Mikas Eltern drehten sich überrascht zu Sam um.

»Ich hab noch nie jemanden gesehen, der eine so starke Verbindung zu Pferden hat«, erklärte Sam begeistert.

Als sich Mikas Eltern wieder ihrer Tochter zuwenden wollten, war diese verschwunden. Eilig hatte sie sich ihre Schuhe geschnappt und jagte nun in ihrem Schlafanzug wie ein kleiner Hase durch die Krankenhausflure. Sie schlug behände Haken um fahrende Krankenhausbetten und schlurfende Greise mit Infusionsständern.

Als sie aus dem Krankenhaus kam, lud dort gerade ein Taxi eine hochschwangere Frau ab. Mika zögerte keine Sekunde. Sie rannte auf die Frau zu und sprang hinter ihr ins Taxi. Während sie sich auf der Rückbank in ihre roten Turnschuhe strampelte, dirigierte sie das Taxi nach Kaltenbach.

Dort war man gerade im Begriff, den Reitschulalltag wieder aufzunehmen. Einen Alltag ohne Mika, ohne Ostwind. Als sei niemals etwas geschehen. Der Landestrainer, Friedrich Fink, war zu Besuch. Denn er hatte Wichtiges zu verkünden. Er stand neben Maria Kaltenbach und Michelle auf dem Hof. Die Pferdemädchen hockten in gebührendem Abstand auf der Treppe des Gutshauses.

»... und aufgrund deiner hervorragenden Leistung freue ich mich, dich in den Junior-Kader des Landes Hessen zu berufen«, erklärte Herr Fink und überreichte Michelle feierlich eine rote Kaderjacke. Die Augen der Pferdemädchen weiteten sich. Maria Kaltenbach nickte wohlwollend.

»Danke. Ich werde mein Bestes geben«, erklärte Michelle feierlich.

Doch weiter kam sie nicht, denn Mikas Taxi raste durch das Tor und bremste nur wenige Meter vor ihnen. Die Tür flog auf und Mika sprang heraus. Sie hatte nur einen Gedanken: nicht zu spät zu kommen!

»Mika!«, rief Maria Kaltenbach. »Was –«

Aber Mika hörte nicht hin. »Ostwind war nicht schuld!«, rief sie atemlos. »Michelle hat seine Gamaschen mit dieser Pfeffersalbe getränkt! Deshalb ist er durchgegangen!«

Als Reaktion starrten nun alle auf dem Hof Mika

entgeistert an. Und tatsächlich schien ihr Auftritt im Schlafanzug mehr als merkwürdig.

»Spinnst du jetzt?«, rief Michelle empört. Sie sah aus, als würde sie Mika gerne die Augen auskratzen.

Friedrich Fink versuchte zu schlichten. »Ich kann verstehen, dass du einen Grund suchst für das, was passiert ist«, wandte er sich verständnisvoll an Mika. »Aber Ostwind ist ein schwieriges Pferd. Es überrascht mich nicht …«

»Ist er nicht!«, unterbrach ihn Mika wütend. Sie funkelte Michelle zornig an. »Und Sam hätte sterben können.«

Michelles empörte Unschuldsmiene entgleiste ihr für einen Augenblick. Das hatte sie offensichtlich auch nicht gewollt.

»Mika!«, mahnte Maria Kaltenbach streng. »Hast du irgendeinen Beweis für diese Anschuldigungen?«

Mika rang nach Worten. Sie hatte nichts vorzuweisen. Sie schaute sich Hilfe suchend um.

»Ich … Nein«, stammelte sie und erklärte schließlich hilflos: »Sam hat es gerochen.«

»Kann es sein, dass du noch unter Medikamenten stehst?«, schnappte Michelle.

Die Stimmung richtete sich nun klar gegen Mika. Aus dem Kreis der Pferdemädchen begegneten ihr Blicke voller Unverständnis. Auch der Landestrainer verlor die Geduld.

»Dann machen wir doch weiter, wenn niemand noch etwas zur Aufklärung beizutragen hat?«, sagte Herr Fink unwirsch.

Mika ließ niedergeschlagen den Kopf sinken. Doch da meldete sich plötzlich eine zarte, aber feste Stimme. »Doch. Ich.«

Aller Augen richteten sich auf Tinka, die für einen Moment vor so viel Aufmerksamkeit zusammenschrak. Doch sie hob tapfer ein paar weiße Gamaschen und eine leere knallrote Salbentube hoch. Aus Michelles Gesicht wich alle Farbe.

»Wenn ich das gewusst hätte, hätte ich dir die Salbe niemals geliehen!«, rief Tinka wütend zu Michelle und reichte die leere Tube an eine sprachlose Maria Kaltenbach weiter. Sie sah von der Tube in ihrer Hand zu Michelle. Diese versuchte Tinka die Gamaschen zu entreißen, aber Tinka war geschickt im Ausweichen.

»Du kleine Ratte! Gib… das… her«, rief Michelle und griff immer wieder daneben. »Das war ihre Idee!«, behauptete Michelle schließlich.

»Schluss jetzt«, rief Maria Kaltenbach donnernd.

Michelle gab auf.

»Ich möchte, dass du meinen Hof sofort verlässt«, sagte Maria Kaltenbach. Sie klang tief enttäuscht.

»Von mir aus!«, rief Michelle zornig. »Mir hat's hier eh nie gefallen auf diesem zweitklassigen Ponyhof!«

Mit erhobenem Kopf wollte Michelle davonstapfen. Doch Friedrich Fink hielt sie an ihrer Jacke fest.

»Nicht so hastig. Die bleibt schön hier«, sagte er.

Michelle pellte sich aus der roten Kaderjacke und warf sie dem Landestrainer vor die Füße.

»Das wird ein Nachspiel haben«, sagte er ernst.

Michelle funkelte ihn böse an. »Nur zu, Opa.«

Dann rauschte sie ab. Dabei lief sie fast vor ein Auto, das auf den Hof gefahren kam. Es hielt mit quietschenden Bremsen. Aber Mika war das alles egal, sie hatte nur noch ein Ziel.

Bevor jemand sie halten konnte, rannte sie los in Richtung Stall, vorbei an Sam und ihren Eltern, die aus dem Auto kletterten und ihr verblüfft nachschauten.

»Mika! Warte!«, rief ihre Großmutter.

Doch Mika hörte sie nicht mehr. Sie wollte nur noch zu Ostwind. Voller freudigem Überschwang lief Mika die Stallgasse entlang. Doch dann verlangsamte sich jäh ihr Schritt. Denn die Tür zur Box stand sperrangelweit offen. Fassungslos sah Mika hinein. Die Box war leer und sauber ausgefegt. Mika begriff. Mit einem Laut tiefster Verzweiflung sank sie auf die Knie und vergrub das Gesicht in den Händen.

Maria Kaltenbach betrat hinter ihr die Box. Mikas Anblick zog ihr das Herz zusammen. Es tat ihr so leid! Sie hätte alles gegeben, um es ungeschehen zu machen! Aber sie sagte nichts, sie konnte nichts sagen. Aber Mika hätte sie auch nicht verstanden. Denn Mika verstand die ganze Welt nicht mehr. Alles war aus den Fugen geraten.

Mika schluchzte auf und hob den Kopf. Verschwommen sah sie das Gesicht ihrer Großmutter. Dann sank sie auf den kalten Boden und weinte. Sie weinte, als gäbe es kein Morgen mehr.

19. Kapitel

Mit geröteten Augen saß Mika auf der Rückbank des Autos und sah apathisch ins Nichts. Wie durch Watte hörte sie draußen die Stimmen ihrer Eltern, die sich von ihrer Großmutter verabschiedeten.

»Lasst Mika bald wiederkommen. Sie ist ein großes Talent, sie würde sicher sofort in den Kader …«, sagte ihre Großmutter.

»Mama«, sagte Mikas Mutter leicht mahnend. Die beiden Frauen schauten sich an. Mikas Großmutter verstummte. Dann lächelte sie. »Tschuldigung. Tschuldigung.«

Und dann, nach einem kurzen Moment der Unsicherheit, nahm Elisabeth ihre Mutter in den Arm. Maria Kaltenbach hatte Tränen in den Augen.

»Es tut mir so leid«, sagte sie.

»Mach dir keine Vorwürfe«, flüsterte Elisabeth bewegt.

Maria Kaltenbach ließ ihre Tochter los und sah ihr fest in die Augen. »Ich meine nicht nur Mika.«

»Ich weiß«, sagte Elisabeth.

Mikas Vater trat hinzu. Er schleppte Mikas Taschen und den schweren Rucksack.

»Uff. Das nächste Mal lassen wir die Fachliteratur aber zu Hause.«

Mikas Großmutter wandte sich ihm zu. »Danke«, sagte sie.

»Wofür?«, fragte er.

Mikas Großmutter sah ihn lächelnd an. »War es nicht deine Idee, mich anzurufen?«

Phillip antwortete nicht, er lächelte nur. Dann umarmte auch er sie herzlich. »Bis zum nächsten Mal«, sagte er.

Mikas Eltern stiegen ins Auto. Maria Kaltenbachs Blick suchte Mika, doch Mika schaute sie nicht an. Während Phillip den Wagen startete, kam Sam angerannt. Er klopfte bei Mika an die Scheibe.

»Hey! Willst du dem Stallburschen etwa nicht Tschüss sagen?«, rief er bemüht fröhlich.

Langsam kurbelte Mika das Fenster herunter. »Hey«, sagte sie leise.

Für einen stillen Moment sahen Sam und Mika sich an. Jeder spürte die Traurigkeit des anderen.

»Danke für alles«, stieß Mika schließlich hervor.

»Komm wieder«, sagte Sam bemüht aufmunternd. »Ne Mistgabel hab ich immer frei für dich.«

Er grinste mit etwas Mühe. Mika versuchte es ebenfalls.

In dem Moment ließ Mikas Vater den Motor an und sie fuhren los.

Sie verließen den Hof, fuhren die Schotterstraße entlang, vorbei an der Koppel und den leuchtenden Rapsfeldern. Herrn Kaans Laube kam in ihr Blickfeld, sie zog ebenfalls vorbei. Dann ging es die schmale Landstraße den Hügel hinauf – hinter dem sich mit einem Mal wie aus dem Nichts ein ungewöhnlich langer Stau erstreckte. Die Autos standen dicht an dicht, scheinbar endlos glitzerte die Blechschlange in der flimmernden Luft. Offenbar ging schon seit einiger Zeit nichts mehr, denn einige Fahrer waren ausgestiegen. Auch Mikas Vater stellte entnervt den Motor ab. »Da ist sicher wieder ein Trekker umgekippt. Ausgerechnet«, sagte er.

Elisabeth drehte sich sorgenvoll zu Mika um, die apathisch im Polster lehnte.

»Mäuschen. Sei doch nicht so traurig«, sagte sie und suchte nach tröstenden Worten. »Du weißt doch: Im Weltall geht nichts verloren. Nur die Form verändert sich. Vielleicht ist er irgendwo da oben und passt auf dich auf?« Sie verstummte. »Was ist denn?«, fragte sie irritiert.

Mika sah ihre Mutter mit leerem Gesichtsausdruck an. Elisabeths Worte waren nicht wirklich zu ihr durchgedrungen. Denn für einen Augenblick hatte Mika das Gefühl, in der Ferne Hufe zu hören. Oder war das Geräusch nur in ihrem Kopf? Dann flammte ein Bild vor ihren Augen auf.

Mika hielt den Atem an. Sie versuchte, das Bild zurückzuholen. »Halt! Halt an!«, rief sie.

»Mika, wir stehen«, erklärte ihr Vater.

Doch da war Mika schon aus dem Auto gesprungen. Ihre Eltern sahen ihr entgeistert nach.

»Vielleicht muss sie aufs Klo?«, überlegte Elisabeth, während sie Mika nachschaute, die an den Autos vorbeirannte, zurück den Hügel hinauf. Als Mika Herrn Kaans Koppel erreicht hatte, blieb sie stehen. Völlig außer Atem sah sie über die große Wiese bis zum Waldrand. Nichts war zu sehen. Nichts war zu hören – außer dem friedlichen Surren der Insekten. Enttäuscht atmete Mika aus.

Sie ließ die Schultern sinken und wandte sich traurig zum Gehen. Für einen Augenblick hatte sie geglaubt –

Plötzlich kam Wind auf. Er fuhr kräftig in die Wipfel der Bäume und über die weite Wiese. Er kam aus Osten. Aus der Ferne erklang ein vertrautes Wiehern. Und dann sah sie ihn! Er brach aus dem Schatten des Waldrands und galoppierte über die Wiese auf sie zu. Ein Strick baumelte um seinen Hals. Also doch!

Unfassbare Freude ließ Mikas Gesicht leuchten.

»Ostwind!«, rief sie. Dann rannte sie los, querfeldein zu ihm, ihrem Pferd.

Ostwind stieß ein glückliches Wiehern aus und trabte Mika entgegen, schneller und schneller und schneller. Sie trafen sich genau in der Mitte der leuchtenden Wiese, und Mika fiel Ostwind um den Hals, der ganz still dastand und den Kopf auf sie herabsenkte. Lange standen sie so da, in stiller Zwiesprache.

In diesem Moment verließ Herr Kaan seine Laube. Als er sah, wie Mika und Ostwind im warmen Sonnenlicht beieinanderstanden, erschien ein Lächeln auf seinem Gesicht.

Ostwind stupste Mika sanft an die Schulter. Mika ließ ihn los.

»Wie hast du das nur gemacht?«, fragte sie.

Nur einen Kilometer weiter stand ein Polizeiauto mit Blaulicht am Straßenrand neben einem gekippten Pferdetransporter, der die Straße blockierte und offenbar die Ursache des Staus war. Die Klappe war offen und zeigte deutlich die Dellen der Hufe, die sie aufgebrochen hatten. Schaulustige standen herum, ein Polizist schüttelte ungläubig den Kopf.

Doch davon bekamen weder Mika noch Mikas Eltern etwas mit. Phillip und Elisabeth waren aus dem Wagen ausgestiegen und warteten immer noch neben der Straße.

»Die schwache Blase hat sie von dir«, sagte Mikas Vater.

Mikas Mutter wollte diesen Vorwurf gerade energisch von sich weisen, als sie etwas sah, das ihr die Sprache verschlug: Über den sanften Hang kam eine Reiterin angesprengt. Sie flog förmlich über die Wiese. Mikas Mutter überkam eine Ahnung. Sie versuchte etwas zu sagen, doch ihre Stimme versagte. Stattdessen schlug sie ihrem Mann hart auf den Arm.

»Was denn?«, beschwerte sich dieser. Aber dann sah auch er den Hengst. Und seine Tochter, die sich eng an den Rücken des ungesattelten Pferdes schmiegte. Sie kamen immer näher, verringerten aber nicht das Tempo. In einem gewaltigen Satz flogen sie über den Wagen hinweg. Phillips Kinnlade klappte herunter. Auf dem Gesicht von Mikas Mutter lag der Ausdruck puren Staunens.

»Das hat sie von mir«, sagte sie gerührt und stolz.

Mit donnernden Hufen kam Ostwind auf dem Boden auf. Ohne Halt ging es weiter. Und es würde nie wieder aufhören. Mika wusste, sie waren nun unzertrennlich. Felder rasten an ihr vorbei und das Gestüt Kaltenbach, es ging vorbei an Tinka und Archibald, und an einer Abteilung staunender Reitschülerinnen. Ein Gatter kam in ihr Blickfeld, doch auch das konnte sie nicht aufhalten.

Mit einem Satz ging es darüber hinweg, über ihr nur das grenzenlose Blau des Himmels. Es war ein unbekanntes Gefühl maßlosen Glücks …

Epilog

Drei Monate später saßen sieben Menschen gemeinsam auf der vollbesetzten Tribüne eines Reitstadions.

Gerade hatte eine Reiterin den Parcours absolviert, und der Lautsprecher gab das Ergebnis bekannt: *»… eine gute Zeit von 3:14 Minuten bei 4 Strafpunkten war das für Nadine Siber auf Tunichtgut.«*

Sam und Herr Kaan saßen neben Maria Kaltenbach. Neben ihr Mikas Eltern und Fanny, ganz außen schließlich Friedrich Fink.

»Als Nächstes, vom Gestüt Kaltenbach mit der Startnummer 88 und einer Wildcard: Mika Schwarz auf Ostwind!«, verkündete der Lautsprecher.

Fanny sprang auf und zeigte aufgeregt auf den Parcours. »Da ist sie!«, rief sie.

Alle reckten die Hälse. Ein Raunen ging durch das Stadion. Phillip und Elisabeth strahlten stolz, als sie ihre Tochter sahen.

Mika sah fabelhaft aus – auf ihre eigene Art. Sie trug nicht das offizielle Reiterdress. Sie hatte sich für eine Jeans, ihre roten Turnschuhe und ein weißes

Flatterhemd entschieden, und ritt ohne Sattel und ohne Trense.

»Oh, nein!«, stieß Maria Kaltenbach hervor.

»So wird sie aber disqualifiziert«, bemerkte Herr Fink beleidigt.

»Na, habt ihr geglaubt, dass sie den ganzen Zirkus einfach so mitmacht?«, fragte Herr Kaan.

»Habt ihr wenigstens wieder was zum Streiten«, warf Sam mit Blick auf Maria Kaltenbach und seinen Großvater amüsiert ein.

»Ist doch toll ohne Sattel und Trense! Sie traut sich wenigstens was«, rief Elisabeth. Es war offensichtlich, dass sie gerade sehr stolz auf ihre Tochter war.

»Physikalisch gesehen, definitiv eine Herausforderung«, pflichtete Phillip Elisabeth bei. »Allein schon wegen der Aerodynamik.«

Herr Fink sah Mikas Großmutter anklagend an. Maria Kaltenbach schluckte. Doch dann zuckte sie die Schultern und schaute mit liebevollem Blick ihre Tochter an. Elisabeth lächelte glücklich und drückte zärtlich die Hand ihrer Mutter.

In diesem Moment ertönte die Startglocke. Stille legte sich über das bis zum letzten Platz gefüllte Stadion.

Mika ritt mit Ostwind zum Startpunkt. Aller Augen waren auf sie gerichtet. Doch anstatt den obligatorischen zackigen Reitergruß zu absolvieren, winkte sie ihrer Familie.

Langsam galoppierte Mika an, wurde immer schneller. Vor dem ersten Hindernis setzte Ostwind zum Sprung an – und dann flogen sie.

Carola Wimmer

Hope – Sprung ins Glück

192 Seiten, ISBN 978-3-570-17273-5

Als Leonie sich den Knöchel bricht, bedeutet das nicht nur das Aus für ihre Karriere als Eiskunstläuferin. Sie muss auch das Sportinternat verlassen und zurück in ihre Heimatstadt, wo ihr die neuen Mitschüler einen Neuanfang schwer machen. Der Zufall führt sie auf den benachbarten Pferdehof, wo sie auf Hope trifft. Sie spürt sofort, dass sie und das Pferd eine besondere Verbindung haben, doch die Besitzer verbieten ihr den Umgang mit dem Tier ...

cbj

www.cbj-verlag.de

10321

Enid Blyton

Fünf Freunde – Das Buch zum dritten Film

Band 3, 160 Seiten
ISBN 978-3-570-15797-8

In einem alten Schiffswrack finden die Fünf Freunde einen Hinweis auf einen sagenumwobenen Piratenschatz. Zusammen mit dem Fischermädchen Joe begeben sie sich auf die gefährliche Suche. Viel zu spät bemerken sie, dass sich ein Gangsterpärchen an ihre Fersen geheftet hat. Gerade noch rechtzeitig gelingt es ihnen, sie abzuhängen – da verletzt sich Julian schwer ...
Die spannende Geschichte basiert auf dem Drehbuch zum gleichnamigen Kinofilm und wird mit den schönsten Szenenfotos der Verfilmung ergänzt.

10274

cbj

www.cbj-verlag.de

Enid Blyton

Fünf Freunde 4 –
Das Buch zum Film

160 Seiten, ISBN 978-3-570-17121-9

Nach einem sensationellen Fund auf der Pharaonen-Ausstellung werden die Fünf Freunde nach Ägypten eingeladen. Doch dann wird Onkel Bernhard verhaftet! Die Fünf Freunde kommen einer Geheimloge auf die Spur, die mithilfe eines antiken Amuletts die sagenhafte Pyramide des ersten Pharaos finden will. Verkleidet nehmen die Freunde an einem Ritual der Loge teil, aber ihre Tarnung fliegt auf. Können sie sich aus dieser gefährlichen Lage retten und Onkel Bernhards Unschuld beweisen?
Die spannende Geschichte basiert auf dem Drehbuch zum gleichnamigen Kinofilm und wird mit den schönsten Szenenfotos der Verfilmung ergänzt.

10314

cbj

www.cbj-verlag.de

Julia Breitenöder

Muschelherz und Sommerwind

ca. 224 Seiten, ISBN 978-3-570-22548-6

Ann hat sich ihren ersten elternlosen Urlaub an der Nordsee eigentlich anders vorgestellt: Erst wird sie von ihrer besten Freundin versetzt, dann landet sie in einem Ferienlager auf einem kleinen Bauernhof. Gummistiefel statt Pferderomantik! Auf dem Karolinenhof freundet sich Ann schnell mit den anderen Mädchen und der verrückten Henne Gretel an, die sich als gute Beraterin in allen Lebenslagen erweist. Und dann ist da noch Justin, der Ann völlig aus dem Konzept bringt. Schließlich sind die romantischen Gänseblümchensträuße, die sie überall findet, von ihm, oder?

cbj

40270

www.cbj-verlag.de